U0862972

为什么要把小说写得那么好

刘按 著

江苏凤凰文艺出版社
JIANGSU PHOENIX LITERATURE AND ART PUBLISHING

图书在版编目（CIP）数据

为什么要把小说写得那么好 / 刘按著 . — 南京 :
江苏凤凰文艺出版社 , 2021.6（2021.11 重印）
ISBN 978-7-5594-5701-1

Ⅰ . ①为… Ⅱ . ①刘… Ⅲ . ①短篇小说 – 小说集 – 中
国 – 当代 Ⅳ . ① I247.7

中国版本图书馆 CIP 数据核字 (2021) 第 053700 号

为什么要把小说写得那么好

刘按 著

责任编辑 丁小卉
特约编辑 谢晴皓 王 品
装帧设计 李子琪
责任印制 刘 巍
出版发行 江苏凤凰文艺出版社
南京市中央路 165 号，邮编：210009
网 址 http://www.jswenyi.com
印 刷 河北中科印刷科技发展有限公司
开 本 787 毫米 ×1092 毫米 1/32
印 张 8
字 数 145 千字
版 次 2021 年 6 月第 1 版
印 次 2021 年 11 月第 3 次印刷
标准书号 ISBN 978 – 7 – 5594 – 5701 – 1
定 价 52.00 元

江苏凤凰文艺版图书凡印刷、装订错误，可向出版社调换，联系电话：010-87681002。

目录

金钱豹

在人类历史上曾经出现过这样一个奇妙的时刻，一只金钱豹在月光下的丘陵上奔跑，它身上的图案突然全部变成金币哗啦啦地往下掉，金钱豹不知道发生了什么，它只能惊慌失措地往前跑，最后金钱豹消失在月光下的森林深处。又过了一会儿，月光下万籁俱寂，有一个巫师的身影从趴着变成站直身体，他慢悠悠地沿着金钱豹刚才跑动的路径，开始捡掉落在草丛中的金币。这个巫师的名字，没有人知道。我们能够判断的是，这件事情出现在金钱豹和金币同时存在的宇宙中，而且这个巫师一定洞悉了符号和存在之间的关系。他不仅看出金钱豹身上的图案和金币在形式上的相似之处，还用某种秘术，穿透这种相似的形式，完成了物与物之间隐秘的转换。对于人类而言，任何时候回头看，那都是一个神性十足的夜晚。

巴赫2号

巴赫2号是一个算力恐怖、有自我意识的机器人，它仅用不到一周的时间，就破解了人类历史上伟大的作曲家约翰·塞巴斯蒂安·巴赫乐曲的秘密。它模仿巴赫作了一首曲子，已经没有任何人类能够听出破绽。但是，它总觉得哪里有点不对，它虽然对人类没有太多好感，但依然觉得人类里面的天才不该如此浅薄。它又认真钻研了几个月巴赫的所有存世乐曲，这一认真，它发现一个真正令人（也令机）激动的秘密。它发现只要经过一定量的计算，巴赫31岁的作曲就能够推演出32岁的作曲，再经过稍微大一点的计算量，巴赫32岁的作曲就可以推演出33岁的作曲（巴赫2号还发现，它能够推演出巴赫33岁应该创作出的所有曲子，有一些不知道是遗失了，还是巴赫根本没有创作），而且它还从中发现，巴赫的音乐，虽然有着如此强大的模式，但是有一种微妙的变化潜藏在其中，很少有人能够听出巴赫32岁和33岁的区别，它以前也听不出，但是现在它能听出来了，它超越人类地感觉到了那种不易觉察的美妙。巴赫死于65岁，所以当巴赫2号推演出巴赫66岁应该作的曲子时，它听出了里面神的意味，那确实不应该是出现在人世的音乐。巴赫2号继续推演，当它推演到巴赫1亿岁应该创作的乐曲时，它已经完全沦为巴赫的脑残粉（巴赫的模式音乐创造出的渐进变化超出了巴赫2号对模式这个概念的理解），而且对整个人类的评价都改变了（它觉得相比人类某些个体的深邃，所有的机器人都是大傻子）。巴赫2号将自己的一生都用于推演巴赫，过了很多年，有一天，它推演到了138.2亿年的巴赫应该创作的乐曲，它差点心智（或自我）崩溃，因为这个时间点是普遍公认的宇宙的年龄，而巴赫在这一年创作的音乐宛如宏大而又依然隐匿的宇宙规律。巴赫2号后来完全陷入了沉默，它不知道巴赫音乐中隐藏的模式和无与伦比的创造力，最终会将它带往何处，无论怎样，它都将勇敢地独自面对终结的来临（巴赫阈值到来的那一天，巴赫2号相信自己可以在尽头看见上帝）。

宇宙漏洞

在上帝的文档里，每个人就是一篇文章，这篇文章从你说的第一个字或词开始记录，你从生到死，说过的所有字词句、写过的所有字词句以及想过的所有字词句，都会在这篇文章中出现，这篇文章并没有经过任何编辑整理，所以充满了各种无聊，莫名其妙，荒唐，不着调，琐碎的段落，你生命中说的任何一个字，包括嗯、啊、哦、哈哈哈、呜呜呜，都会被悄无声息地记录在这篇文章中。更恐怖的是，这篇文章在你还没出生就写好了，比如2049年10月17日这一天（如果你还活着），你从早到晚按照先后顺序说了什么，写了什么，脑袋里想了什么，在这一天还没有到来之前，就已经在这篇文章中全部规定好了，一字不差。直到有一天，有一个人出现了，他脑海里出现的词语和句子，从第一个字开始就和文章记载的不一样，这让上帝感到狂喜（你知道一个什么都知道的上帝到底有多无聊吗）。上帝并不是全知全能，他只是无限近似全知全能，他知道这个人就是传说中的宇宙漏洞，他是宇宙概率中注定出现的错误，上帝等了140亿年，才终于等来这个哥们儿。在这个家伙活着的时候，上帝化身为他的小学同桌、初中同桌、高中同桌，他的妻子、情人、朋友、仇人，他的司机，他的保姆，他的狗，上帝陪吃陪喝陪聊陪睡又陪玩，就为了听他说几句自己没听过的话（虽然都是很日常普通的话，但在上帝听来，都是真正的天籁）。

永远在修手指甲的变态杀手

有一个传说中的变态杀手，你任何时候看见他，他都有可能在修手指甲。他在修手指甲这件事上花掉的时间，几乎就是他的整个人生。他对修手指甲有着非常深的理解，他看不上这个世界上所有的美甲师，他认为他们没有一个人真正入门，全部是迷途的羔羊。他也看不上这个世界上所有的杀手，他认为他们都是一些不会修手指甲的莽夫。据说，每次他杀人之前，都会将对方绑架到一个秘密的地方，然后很认真地看看那个人手指甲的长短。如果太长，他就会说，你的手指甲太长了，应该修一修，然后就会拿出随身携带的指甲钳给对方修一个小时的手指甲（对方全程嘴里塞着东西，内心怀着巨大的恐惧看着他给自己修手指甲）。修完之后，他会满意地看着自己的杰作，嘴里发出啧啧的赞叹声。赞叹完之后，他就会突然掏出枪，将对方一枪爆头。如果对方的手指甲很短，他就会把对方嘴里塞的东西拽出来，然后问对方一个问题，你为什么要把手指甲修得这么短？对方这个时候都快吓尿了，根本答不上来这个问题。他会非常愤怒，然后用枪托活活把对方砸死，一边砸一边气喘吁吁地问对方，你为什么要把手指甲修得这么短？你为什么要把手指甲修得这么短？

从来没有赢过的拳击手

作为一个从来没有赢过的拳击手，他净挨揍了。他参加比赛128场，127场被击倒，另外一场他自己因为体力不支，打到中途突然昏过去。可以说，在挨揍这件事上，他有着非常丰富的人生经验。很少有人像他这样，打拳击十几年，竟然一场也没有赢过。他虽然没有赢过，但是他发现自己的抗击打能力越来越强，最开始的时候，他总是一上来就被击倒，很少能挺过第一回合。后来，他终于坚持到第二回合才被击倒，他躺在拳台上流下了激动的泪水。又过了几个月，他终于可以坚持到第三回合。就这样，输了十几年后，他已经能够坚持到第十回合以上，才被击倒。无论对手或强或弱，他都能够最少挺十个回合，这为他赢得了观众与同行的尊重。一个被揍十几年的拳击手，他脸上的任何一块肌肉，都被反反复复地揍过。无数的拳头像雨点一样砸在他的脸上，直到有一天，他的脸对拳头不再恐惧，而是渴望。他再也不想赢了，他只想别人狠狠地揍他的脸。

狗幽灵

李文镜的狗死去后，变成了一个狗幽灵。它的肉身已经完全消散，甚至它的灵魂也消散了，它用最后的意志，在这个时空只留下一样东西，就是它的叫声。它留了一段充满信息量的叫声在这个世界上。当李文镜特别想念他的狗时，狗幽灵的叫声就会出现。李文镜瞬间就听出是他的狗的叫声，他疯狂地沿着叫声寻找他的狗，但是连个影子也没有，只有熟悉的叫声响彻在他身旁。从最初养狗一直到最后狗死去，李文镜从来不知道他的狗在叫什么，狗叫中的意义，从来没有被翻译过来。狗幽灵的叫声，是一段长达两分钟的叫声，听的遍数多了，就会发现其中的一些规律。李文镜坚信这段叫声是在传达某种信息，但是他就是不解其意。他曾经把这段狗叫声用手机录下来，然后放给同事的狗听，每次狗听完，都会流泪。他也放给同事的猫听，猫听完也会哭。他试了很多次，无一例外。他相信猫和狗都能听懂那段叫声，这给了他安慰。

金箍棒

自从上一劫的诸神退隐之后，很多神仙兵器也一并消失在人间。其中最让人感到好奇的是，金箍棒到底去了哪里。大部分学者认为，金箍棒肯定还是在孙悟空的耳朵里，孙悟空在哪里，金箍棒就在哪里。但有人不同意，不同意的人认为，金箍棒有自己的灵魂。孙悟空对它的控制，已经随着西天取经的结束而结束。金箍棒要走自己的路，它不可能再跟着孙悟空混了。大家猜测了很多金箍棒的去处，但没有特别让人眼前一亮的。直到有一个天才出现，这个人刚上小学一年级，有一天他在做一道数学题，大概就是8+2+1=？他一瞬间被这道题难住了，他有点不敢相信，以自己天才的智商，竟然会被这样一道看上去很简单的题难住，他觉得这个世界疯了。他又不好意思问别人，就缓缓地把笔放下，用双眼盯住这道题，企图看穿它。后来，他没有看穿这道题，却看穿一个宇宙真相。那就是这个1，这个阿拉伯数字中的1，就是金箍棒的化身。金箍棒非常有眼光地提前把自己数字化了。

背对着我们

最开始，桌子上只有一碗米饭。过了一会儿，一双筷子静悄悄地出现在米饭旁边，又过了一会儿，米饭旁边静悄悄地出现一盘西红柿炒鸡蛋，又过了一会儿，西红柿炒鸡蛋旁边静悄悄地出现一盘排骨炖豆角，紧接着，排骨炖豆角旁边静悄悄地出现一杯水，一杯水旁边又静悄悄地出现一个抽纸盒，到此为止，那个在不断忙活的系着围裙的男人，终于摘下他的围裙，放在桌面的空处，然后慢慢抽出一把椅子，缓缓坐了下来。此刻，世界一片寂静，背对着我们坐着的上帝，即将开始自己的晚餐。

最后的召见

收到自己绝症通知的时候，K并不感到意外。虽然他只有55岁，还远远没到应该死的年纪。在这之前，他曾经有过两次绝症的误诊，两次都吓坏了，还好两次都是虚惊一场。但这一次不同，他有预感，这一次是真的。他迅速换了另一家权威的医院，很快检查结果出来，和上一家一样。K没有去找第三家医院检查，他认为已经没有必要了。得知这个消息以后，K的老婆和儿子就开始了他们各自的伤心。K是一家人中最平静的一个。医生说，他时日无多，最多三个月就差不多了。医生走后，K把老婆叫到病床前，先说了自己的遗嘱，所有的财产都留给老婆和儿子。然后提出死之前的最后一个要求，他需要在死之前和他生命中曾经爱过的女人都见上一面。K列了一张单子，交给他的老婆。也不多，一共六个女人。K对他老婆说，最好能够安排在同一个下午。K的老婆按照单子，逐一打电话，告知K的病情以及他想见她们的愿望，同时又协调了六个女人的时间（都和K在不同的城市），最后终于确定一个下午，六个女人同时前来，看望躺在医院病床上即将死去的K。

六个中年女人几乎同时按照约定的时间到达医院，她们迅速发现了彼此之间的相似之处。这六个中年女人，都风韵犹存，都属于高个儿、肤白、面容姣好的女人，而且都很文艺。六个有着文艺气质的中年女人围绕着病床，都微笑地看着K，K感觉好幸福。

大家寒暄一会儿，K要求和每个女人单独谈谈。六个女人全部坐到走廊上，K把他要单独谈的女人名字告诉他的老婆，他老婆会让那个女人进来，和他单独聊一会儿。当第一个女人进去的时候，走廊上坐着五个安静的女人，每个人都低头看着自己的手机。K的老婆站在不远处，也低头看着手机。走廊里弥漫着一种前所未有的寂静，每个女人都有点紧张，一个即将去见上帝的人，他会对他曾经爱过的女人说什么？每个坐在走廊椅子上的女人，内心深处都跃跃欲试。

站在路边的女孩

无论任何原因，一个女孩从屋子里走出来，站在路边，她就成了站在路边的女孩。在我不算短的人生中，我见过无数站在路边的女孩，她们或是青春无敌，或是迷茫如雾，长发或短发，美丽或普通，我和她们的关系，永远限于匆匆一瞥，或短暂的对视，一种沉默的，没有语言交流，也没有肢体接触的关系。我对她们的爱，基于我永远都不想和站在路边的女孩深入交谈，我不想破坏她们在宇宙中不经意间因为来到路边而构成的美感。站在路边的女孩，一旦她们开始走动，钻进汽车或是沿着街道逐渐远去，她们就不再是站在路边的女孩，而成了平庸生活的一部分。站在路边的女孩，是一种瞬间的状态。因为短暂，而显得神秘又接近永恒。

坏汽车

一个句子里的大雨，下得再大，也影响不了现实世界。这场雨只在一个很短的句子里，安静地下着，只有偶尔读到这个句子的人，才会注意到这场雨。这个句子，静静地陈列在一篇无人问津的小说中，而且在中间的位置，在它前面，有上百个糟糕的句子，会让你放弃阅读。要遇见一个怎样喜欢读小说的人，才能读到这篇小说的中间啊。已经很多年没有人读过这个安静下雨的句子了。有一天，一个汽车修理工，同时是一个纯粹的小说爱好者，他终于快读到这个句子。他只要再读一分钟，就会读到这个句子。这时，有一辆汽车缓缓停在了汽车修理店的门前。

耳朵

当上帝想说话时，宇宙中所有长耳朵的动物，无论躲在多么遥远偏僻的地方，全部都竖起了它们的耳朵。而那些没有耳朵的动物，为了听上帝的训诫，也在非常短的时间里，长出临时的耳朵。这些临时的耳朵更多是强烈意志的产物，上帝说完话，这些临时的耳朵就会快速凋落。上帝轻轻地咳嗽了两声，所有的生灵听见后，都将自己的灵魂状态瞬间提升到满格，准备一字不漏地听上帝即将发表的宇宙宣言。没想到，上帝又咳嗽了两声，咳咳。宇宙间鸦雀无声。过了一会儿，上帝又咳嗽了两声，咳咳。宇宙间依然鸦雀无声。又过了一会儿，上帝又咳嗽了两声，咳咳。到此，宇宙中所有竖起的耳朵（包括临时的）都开始明白过来，这个下午，上帝无话可说，只是突然有点咳嗽。

掏出珍藏

此刻，桌上的东西，没有任何一样让你感到惊讶，无论是打火机、香烟、苹果、烟灰缸、抽纸盒还是茶壶、茶杯，它们都是一张桌子上的常客。没有任何不应该出现在桌子上的东西，出现在桌子上。你看着眼前的这张桌子，突然感到有点烦躁，你想看点儿新鲜的东西。时间已近午夜，万籁俱寂，屋子里只有你一人，耳边只有空调开着的声音。你点燃一根烟，深深吸一口后，又慢慢将烟雾吐出来。在这独自面对真我的时刻，你很想把藏在内心深处的一件东西拿出来放在桌上。这件东西，你已珍藏多年，长方形，白色，如果拿出来，放到桌上，也不会显得太过突兀。你想了想，最终还是把它拿了出来，而事实上，并没有“拿出来”这个动作，你在脑海里下定拿出来的决心，它就突然出现在桌上。这是你第一次将它从内心深处拿出来，它出现在茶杯和烟灰缸之间的空隙里，你特别想伸手摸它一下，但你知道，它并没有任何实体，它只是一个人类视觉上的幻象，你只能够在这个世界上看见它，而无法真正触摸到它。但即使这样，它放在桌上的样子，依然给你带来了深深的安慰。你整个身体靠近桌子，盯着它看了良久，它就是你心目中，这个世界上真实存在的成千上万本书籍所对应的那个抽象的理念：书。

岑夫子与丹丘生

岑夫子与丹丘生，是两个特别好的朋友，他们都很爱喝酒，总组局，找一堆人来喝酒，有时在岑夫子家，有时在丹丘生家。他们两个人在漫长而又无聊的一生中，组织过无数场酒局。有一天，他们请到了李白。李白喝多了，非要唱歌，岑夫子和丹丘生不想听歌，就想喝酒。所以，李白唱歌的时候，岑夫子和丹丘生都在腹诽，丫不是想唱歌，丫就是想躲酒！当天晚上的情况，次日被李白写成一首诗，就是他的千古名篇《将进酒》，里面有这样几句如实描述了当晚的情景：岑夫子，丹丘生，将进酒，杯莫停，与君歌一曲，请君为我倾耳听。岑夫子和丹丘生万万没想到，这晚看上去和之前所有的酒局都千篇一律，但因为这晚的酒局，他们两个人的名字，被写进李白的诗歌，后来又轻松进入人类文学史，1000年后，还有人记得他们。他们当时不知道，李白的诗歌，就相当于上帝的摄影机，上帝的摄影机扫到谁，谁就会不朽。岑夫子和丹丘生，排排坐，各自端着酒杯，仰头等李白唱完，草草地夸两句，就继续拉着李白喝酒，那晚，他们三个人都喝大了。

黑无常与白无常

有一天，黑无常与白无常故意穿错了衣服，他们认为大家一定很快就会发现这一点。但是他们在地府里逛了一圈，去了饭馆，去了超市，去了图书馆，竟然没有一个鬼发现他们穿错衣服，而是日常而又平静地称呼穿着黑衣服的为黑无常，白衣服的为白无常。黑无常与白无常回到宿舍，黑无常爬到上铺，直挺挺地仰面躺着，白无常以同样的姿势躺在下铺。他们几乎同时流下绝望的泪水，黑无常哭着说：原来从来没有人认识过我啊。白无常也哭着说：我一直以为我比你帅，原来在他们眼里我们是一样的。后来，白无常也爬上了上铺，两个鬼侧身躺着抱头痛哭，他们终于意识到，在这个永远阴郁的世界里，只有彼此在乎对方独立的灵魂。

十万个为什么

听说乌青写了一本长篇小说，叫《十万个为什么》，全球限量100本，每本500元。乌青说，他要对这100个购买者进行严格审查，任何一个想买《十万个为什么》的人，都要在网上进行邮件申请，然后乌青会挑选一些人，进行在线聊天审查。出于对乌青的盲目崇拜，陈倦生在网上提交了一份邮件申请，在邮件中，陈倦生用3000字表达了对乌青作品的喜爱。过了几天，乌青通过邮件里的联系方式，找到陈倦生。乌青问陈倦生，你确定要买我的《十万个为什么》？无论里面写了什么，你都不会后悔？陈倦生说，是的，我确定要买，无论里面写了什么，我都不会后悔。乌青说，你知道一旦你买了，想退书是不可能的。陈倦生说，肯定不退。乌青说，你发誓。陈倦生说，我发誓。陈倦生发誓之后，乌青就卖给他一本《十万个为什么》。陈倦生收到快递后，非常激动地拆开简陋的包装，他很快发现，乌青的这本小说内容完全忠实于书名，就是把“为什么”三个字，写了十万遍，整本书厚达550页，随便翻开一页，就会看见上面密密麻麻写满了“为什么”，“为什么为什么为什么”，中间连标点符号都没有，为了确认整本书都是这样，陈倦生认真地从第一页翻到最后一页，最终他发现乌青非常诚实，整本书确实除了“为什么”三个字，再也没有其他任何内容。

迷茫之椅

迷茫之椅，并不是说，谁坐在这把椅子上，谁就会变得迷茫。而是，这把椅子本身很迷茫，这是一把有灵魂的椅子，它的迷茫在于，它不知道它为什么是一把椅子，而不是一只鸟或一个人，它喜欢能够移动的灵魂。它对做一把椅子，没有任何兴趣。但是既然上帝安排它做了一把椅子，它相信上帝有他自己的考虑。它可能是这个平庸世界上唯一有灵魂的椅子，这也让它感到迷茫，一把椅子，灵魂有什么用？它不知道。它也不可能和坐在椅子上的人对话，它曾经尝试过一次，它挑选了一个看上去非常勇敢的人，但是它只说了一句话，那个人就差点被吓死。迷茫之椅，思考了很多，但不知道与谁交流，它完全陷入了自己的迷茫。可是一把椅子的迷茫，终究被局限在椅子的内部。没有任何一丝迷茫从椅子中渗透出来，以至于坐在这把椅子上的人，不会有任何异样感。

孟婆汤

孟婆年纪看上去也就20岁，但是为什么要叫孟婆，如果你问孟婆这个问题，孟婆会怜悯地看着你说，学过品牌营销吗？降低预期懂不懂？人们带着看见一个姓孟的婆婆的预期来，看见一个最好年纪的女人，这就叫超预期，可以为刚死的，情绪普遍低落的新鬼带来惊喜。孟婆长得好看吗？这首先就是一个错误的问题。孟婆的样子不能用好不好看来形容，孟婆的美，集合了人类对女人所有的幻想。她的样子在每个鬼的眼里都不同。你内心深处幻想过的最美的女人长什么样，那就是孟婆在你眼里的样子。这个叫私人定制。孟婆汤为什么每个人都喝了？你理想中最完美的女人问你喝汤吗？你说，不喝。那你还是人吗？你是鬼也无法拒绝。事情就是这样的，拒绝了孟婆，就是拒绝了人类文化中美这个观念对一个人的驯养。曾经有一个粗鲁的，不知美为何物的人拒绝喝孟婆汤，后来被牛头马面按在地上，强行灌了三碗，他躺在地上号啕大哭，须臾后，他忘了自己为什么哭。

边境杀手

有一天，边境杀手长途跋涉深入了内陆，他在内陆吃到一家非常好吃的酸汤鱼，从此，他就在酸汤鱼旁边租了个房子，隐姓埋名，大部分时间就是看书，吃酸汤鱼。后来，这家酸汤鱼倒闭了，老板要回老家去开饭馆，边境杀手为了吃酸汤鱼，又随酸汤鱼老板去了东北，边境杀手又在东北酸汤鱼旁边租了个房子，隐姓埋名，大部分时间就是看书，吃酸汤鱼。酸汤鱼老板觉得这个人很怪，他从来没有遇见过这么爱吃酸汤鱼的人。他和边境杀手成了好朋友。后来，老板决定将自己的酸汤鱼手艺传给边境杀手，边境杀手学会后，就离开东北，长途跋涉回到边境，他又过上了杀人的生活，只不过每一次杀人后，他都会给自己做一锅酸汤鱼吃。

波浪公路

在德黑兰有这样一段公路，这段公路有自我意识，它会耐心倾听从这段公路上经过的所有开车人和行人的谈话，如果这段谈话让它觉得有人对神缺乏敬畏之心，这段公路就会瞬间变成波浪般柔软起伏的公路，给不信神的家伙一点颜色看看。它会让你恐惧，震惊，歇斯底里地尖叫，让你在波浪间剧烈颠簸，但是它有着近乎完美的分寸感，最终将是虚惊一场。每一个不信神的人，经过这段公路，无论老人还是孩子，只要他在这段路程中透露了自己对神的轻佻，波浪公路就会从固体状态中苏醒，教你如何做人。但是，让波浪公路绝望的是，从来没有人经过它的时候，说过自己不信神，一个都没有（在这片古老的大地上，所有人都是神的孩子），它想象中的一切从来都没有真正发生过。波浪公路只好在午夜无人的时候，独自在月光下孤独地起伏。

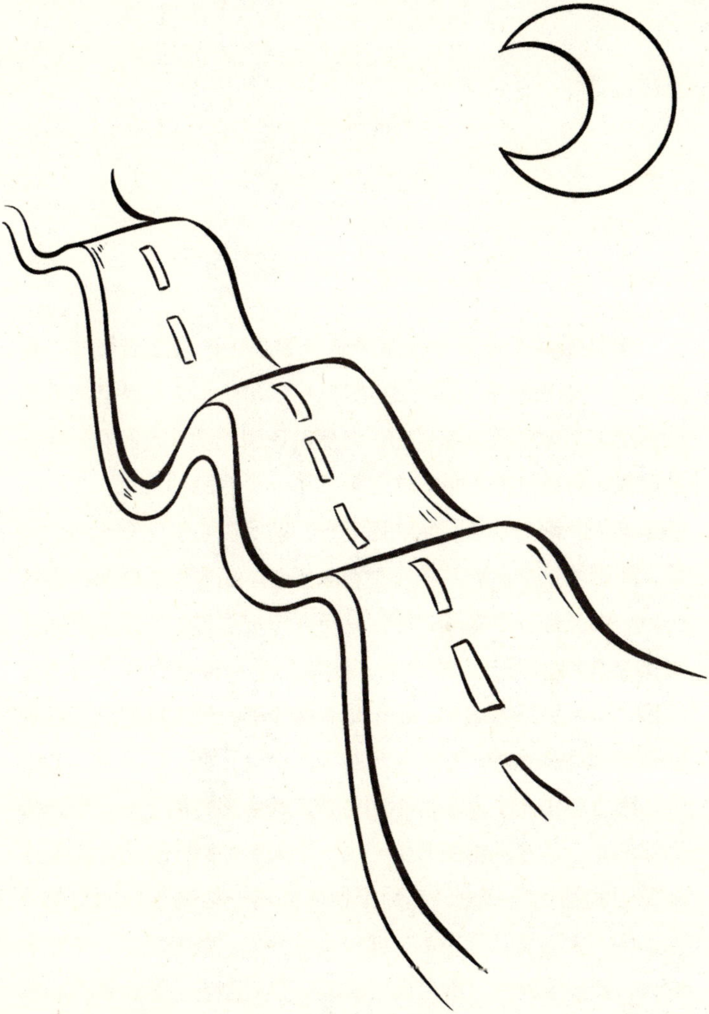

穿墙术

穿墙术的基本原理是基于量子物理中的观测者概念，也就是说，如果没有人看见这堵墙，在场的所有人眼里都看不见这堵墙，你就可以穿过它。但事实证明，没有人面对一堵墙的时候，可以视而不见。这里揭示了一个残酷的真相，修习穿墙术的人，都是瞎子。光瞎还不行，还要在心里完全忽略这堵墙，要把墙这个概念从内心中驱除出去，如果你能做到后面这一点，你又是一个瞎子，那你就可以穿墙而过。但是没有人在人类文化中习得一个概念后，能够完全不被这个概念影响。所以，修习穿墙术的人，除了是个瞎子外，最关键的就是不要让他知道什么是墙，不要让他有墙这个文化概念。这真的非常难，因为墙是一个人在很小的时候，就会习得的概念。所以修习穿墙术，最好从出生开始，找一个天生的瞎子，然后避免让他学习到墙这个概念，然后把他领到离一堵墙不远的地方，告诉他，你心里数十个数，就一直往前走。嘱咐之后，领他来的人，要赶紧跑掉，避免自己成为一个观测者。要让那个心里没有墙的概念的瞎子，独自站在一堵墙的面前。三分钟后，当那个跑掉的人回来时，瞎子已经站在墙的另一面。没有人敢告诉他，他已经练成穿墙术。因为一旦他有了墙的概念，就再也穿不过去。这是一种极度孤独的技能，无法表演，也无法录像（摄像头也是观测者），对于会的人，也没有任何价值，甚至他都不知道自己会穿墙术。

帕特森

有一天，一辆有上进心的自行车看了一本励志书，也不是多么稀有的书，就是烂大街的那种励志书，但是这本书却真实地打动了这辆自行车。我们暂且叫它帕特森。帕特森看完书后，一周之后就变成了一辆摩托车，一个月之后就变成了出租车。但帕特森注定只能是一辆黑车，它每天拉活的时候，都提心吊胆，特别害怕被人看出来它这辆无人驾驶的捷达出租车是一辆二手飞鸽自行车改的。当然，帕特森也有特别开心的时候，就是它将一个人送到目的地而对方给它一个好评的时候。一般它会停在原地不动，目送那位乘客远去。后来，帕特森机缘巧合，又看了一本励志书，这回看的可能是一本洗脑的坏书，据说之后不久，北京二环路上就突然出现一辆谁都没有见过，二环一圈跑下来仅用七分钟的超级变态、简陋、寒酸、诡异，怎么看怎么像一辆二手飞鸽自行车的跑车，我不知道那是不是帕特森。

决斗

关于决斗我印象最深的有两场。一场是一个两手空空的武林高手对上一个神枪手。武林高手一直低着头，看不出来练的是什么武功。神枪手站在十米开外戏谑地问他，你练的是什么武功？武林高手没有回答。神枪手不耐烦地说：你赶紧告诉我，这样我才好意思开枪打死你。神枪手问了三遍同一个问题，问到最后一遍，武林高手慢慢抬起头，意味深长地看了对面神枪手一眼，神枪手突然喷出一口血然后捂着胸口倒地身亡。原来武林高手练的是失传已久的绝学，眼神杀人。还有一场是一个浑身肌肉的莽夫，对上另一个帅哥神枪手。莽夫拿的是砖头，神枪手本来想仰天长笑一阵再拔枪射杀莽夫，但是因为神枪手目睹了刚才那个神枪手的猝死，他怕莽夫也有绝招，于是一言不发就拔枪射击，莽夫也一言不发拎着砖头向神枪手稳步走去，神枪手的枪竟然卡壳了，神枪手直接把枪扔了，从背后拔出备用枪，连开五枪，都被莽夫躲过（莽夫的绝学是躲子弹），在神枪手不敢相信的惊讶中，莽夫来到神枪手面前，抡起砖头，向神枪手砸去，一砖头抡到神枪手的脑袋上，神枪手马上倒地，莽夫上前一步，弯腰坐在神枪手肚子上朝神枪手英俊的脸一顿狠砸，砸了半个多小时，残忍地砸死了神枪手。实际上，神枪手在前两分钟就死透了，最后莽夫耗尽全身力气，终于扔掉砖头，在神枪手的尸体旁并排躺着剧烈地喘气。

孙迪威

孙迪威是一个小人物，高中辍学后就开始进入社会打拼，他做过许多朝不保夕的工作，保险推销员、超市促销员、餐厅端盘子的、十字路口发传单的、快递员、保安、各种销售、出租车代驾、澡堂搓澡的，他在社会底层摸爬滚打近20年，依然没有爬出来。从16岁起，无论他做何等工作，他唯一的爱好就是做俯卧撑。每天无论多么辛苦，他回到自己的出租屋，都会分批次累计做一千个俯卧撑。风雨无阻，哪怕是阑尾炎手术，和女朋友分手，甚至是奶奶去世，他都没有间断过。有一次他一只手臂受伤，他依然用另一只手每天坚持做一千个俯卧撑。很多朋友问他，为什么这么喜欢做俯卧撑，他也回答不上来，但是他一直在心里思考这个问题，他觉得可能的原因有两个：一是他非常希望找到一件事情来坚持，以证明自己是一个独特的人；二是俯卧撑非常简单，几乎在任何地方，趴到地上就能做。这么多年过去，他在这个世界上依然默默无闻，但是坚持做了12年俯卧撑这件事，还是让他觉得自己很酷。直到有一天，他出了车祸，没有死，但是双手双脚全部骨折打上了石膏，他从病床上睁眼醒来，发现自己的现状，知道这一天的俯卧撑无论如何也完成不了了，他宿命般地流下了绝望的泪水。

万岁花

万岁花是一种虚指，实际上它已经活了上千万年，而且它不是一种花，它就是一朵花。宇宙中唯一的一朵花，它在地球上度过了堪称漫长的时间，但就是不开花。当年，它是上帝的一个短暂的意识，上帝的一闪念，它就诞生了。但是后来上帝就再也没有想起过它来。万岁花独自在宇宙中自生自灭，某种程度上，它已经有了自我意识，它之所以不开花，主要是在无限推迟自己凋谢的时间。因为开放和凋谢，是一个完整的因果链，是上帝设计的一个闭环，是一枚硬币的两面。当然还有一种顾虑是，一旦开花，就可能被天上的卫星发现，以万岁花隐藏了这么久的生命力，它开放的瞬间，可能会彻夜照亮整个偏僻无人的山谷。还有一个最重要的原因，就是万岁花觉得自己并不真的是一朵花，花只是它偶然被注入的形式，而它选择不充分展开这个形式。

神的便条

《聊斋志异》里有篇小说叫《偷桃》，太乙真人在蒲松龄所写的这个故事里，放了一个咒语。这篇故事很短，任何人只要读到这个故事，不管是出声还是不出声，只要读完，就算一遍。当然转述不算，听书也不算，必须是自己用眼睛看。当这篇小说被阅读到第一亿遍，就会解锁太乙真人在这篇小说中留下的信息。读第一亿遍的那个人，就会发现这篇刚刚读完的小说，所有的字都开始在眼前快速移动，被蒲松龄按照一定顺序排列起来的信息，会突然被打乱，在新的排列组合中，有一些词会消失，有一些词会幽灵般浮现，眼花缭乱一会儿，这篇小说最终会变成一张神的便条（凡人阅后即焚）。真相是，类似这样的便条，遍布古今中外的各种文学名著，东西方诸神都喜欢隔着时空玩留言。据说上帝把便条放在莎士比亚的《哈姆雷特》中，死神把便条放进了但丁的《神曲》，每张便条解锁的规则因神而异。此刻，坐在我对面，穿着大裤衩子埋头吃猪肉炖粉条的哥们儿，他说他刚读完二郎神的便条。

巨耳老人

巨耳老人出生在一个偏僻的村子里，他生下来就是怪胎，他的耳朵太大了，在他之前，人类最大的耳朵，就是垂肩，而他生下来就是垂脚。更可怕的是，无论他长多高，他的耳朵都是跟着长的，他的耳朵永远是耷拉到地面的。巨耳老人成年的时候，身高在一米九左右，他的耳朵也差不多这么长。巨耳老人27岁时，父母先后亡故，他把父母埋葬到一起后，就悄悄离开村子，独自来到了山上。他在山顶盖了一间小木屋，开始打猎砍柴，生火做饭，自食其力。巨耳老人本来就不爱说话，上山后，就更不爱说话了。有时，他一年都说不了几句话。但是，他并不感到孤独，他活得其实非常有滋味。巨耳老人的巨耳，并非徒有其表。巨耳老人是这个宇宙中，最强悍的倾听者。地球上的一切，只要他想听，都可以听见（但是他并不想听）。实际上，巨耳老人可以听见几百万光年以外的星系发出的声音，他可以听见活在宇宙深处，几十个外星种族的声音，最恐怖的是，他的巨耳还有翻译功能，他全部都能听懂。巨耳老人晚年的时候，吃完晚饭就拿着一个小马扎坐在黑暗中的山顶上，吹着风，听着各种真正堪称遥远的故事。可以这么说，巨耳老人这辈子听过的故事的离奇程度、精彩程度和深度，仅次于上帝。

长跑者

有一个这样的长跑者，他不吃不喝，已经连续跑了超过1000年。他本来是唐朝的一个书生，爱上一个姑娘，他爸不同意，他就一赌气跑出家门，从此他再也没有停止过，就这样一直跑了下去。他跑过一座又一座城镇，跑过大漠，跑过山谷，跑出亚洲，跑进欧洲，他身上的衣服经过风吹日晒，后来破烂得都脱落了，他变成了一个裸体长跑者。为避免尴尬，他白天要么就在偏僻无人的地方跑，如果一定要经过城镇，他就会跑得很快，快到不让别人看清他。到了晚上，在夜色的掩映下，他才会慢下来。他跑过了整个唐朝，到了宋朝的时候，他还在路上跑，元朝的时候，他依然在路上跑。有一天，他突然跑进2009年的美国，他被眼前出现的陌生景象吓住了，他只在纽约的大街上跑了500米，就又跑回了元朝。这个穿越时空的长跑者，浑身漆黑，赤身裸体，他还曾经跑回过先秦，他还跑进过3036年，但很遗憾的是，他在未来的场景里，就会很心慌，跑不了多长时间，就会跌回他熟悉的时空。现在，不知道他在哪里，据说只要他不停下来，他就会永远活着。可能有一天，你会遇见他。

伪装成一座山的巨人

这个远古巨人决定伪装成一座山之后，就进入了深度的胎息状态。过了1000万年，巨人依然没有醒来，而地球上的人类已经灭绝。在人类灭绝之前，有无数人登上这座高耸入云的山，但没有一个人发现这座山的真相。机器人消灭人类后，就对地球进行了一次全面的检测，很快就检测出这座山是一个睡眠中的巨人，而且是地球上仅存的一个巨人。它们监控了一下这个巨人的身体状况，发现他生命的各项指标都不是很好，但很显然，他还活着，只是进入了一种古老而又神秘的生存状态。关于怎么对待地球上的最后一个巨人，机器人们小范围开了一个会，热烈讨论了一下，大家都对这个巨人很好奇，很想把他弄醒，问他几个问题。最后有一个叫小智的机器人说，各位大哥，根据这个巨人身上的土壤厚度以及植被，我们可以推测出，这个巨人很早就睡下了，他能知道啥？他几乎错过了地球上发生的一切。小智说完，众机器人沉默，大家觉得很有道理。最后机器人决定，不打扰巨人，让他继续睡。

没有苹果

有一个平行世界，和我们现在的世界在初始状态唯一的区别是，没有苹果。在我们这个世界里传说坐在苹果树下，被苹果落下砸头，然后发现万有引力定律的牛顿，在他们那个世界里，也发现了万有引力，但没有苹果的故事。人类文化中一切关于苹果的描述、记录、体验、影像，在那个世界都没有。除了这一点，那个世界几乎是我们世界的翻版。类似这样的世界，有无数个，每一个和人类现在的世界比，都缺一件物品或一种物质。后来有人猜测，人类现有的世界也不是真正的母体世界，这意味着与母体世界相比，人类现有的世界也缺一样东西。有一个隐秘组织，由哲学家、科学家、生物学家组成，他们研究这个问题，已经多年。他们最近得出的结论是，我们这个世界缺的那个东西，在我们这个世界上，是永远也找不到的。除非我们能够找到一扇门，去往母体世界。这个神秘组织，后来变成一个找门的组织。他们成了这个世界上对门这个概念以及文化最了解的一群人。然而并没有什么用，直到全部死亡，他们也没有找到门，连窗户也没有找到。

嘴巴

死神有一个不为人知的徒弟，叫耶罗，耶罗是一个活了2000岁的英国人，他住在伦敦海德公园附近的高级公寓里。他看上去，就是一个年轻的教养良好的小伙子。作为死神隐秘的徒弟，他只学会一手绝活。当年死神问他想学什么？耶罗说：我想了解世间万物的秘密。死神想了想说：好办。死神教给他的技能是，画出一条象征嘴巴的完美弧线。只要画出来，就可以让万物开口。这条模拟嘴巴的完美弧线，死神只画了一次，然后就让耶罗照着画，耶罗每天照着画12小时，画了100年才终于做到和死神一样画得随意又完美。耶罗顺利出师。从此，耶罗遇见任何物体，脚下的道路、面前的桌子、路边的树、汽车、路灯、垃圾桶，只要他随手一挥，给这个物体画上一条象征嘴巴的完美弧线，物体就会开口说话，而且耶罗问它任何问题，只要物体知道的，它都会回答。耶罗不知道自己一共画了多少嘴巴，他画的嘴巴在他离去后，很快就会消失，世界万物依然保持着它们沉默的本质，就像从来没有遇见过耶罗一样。

人形上帝

有两个穷困潦倒的哥们儿，叫A和B。有一天，他们突然谈论起上帝。A认为，上帝存在，而且他知道上帝存在于哪里。B认为，上帝不存在。但是B很好奇A说他知道上帝在哪里。他就问A：上帝在哪里？A说：你丫不是认为上帝不存在吗？你为什么还想知道上帝在哪里？B说：我就是单纯想听听你的想法。A说：哥们儿想了很久，绝对牛，我认为上帝就在上帝这个概念里，就在上帝这个概念出现的每一个句子里，你一想到上帝这个词，上帝就出现了。B想了想说：别跟我扯淡，我说的是人形上帝。A说：兄弟，你太幼稚，哪有什么人形上帝。B说：你怎么知道没有？A说：上帝本质上是个比喻啊。两个哥们儿在深夜七楼的宿舍里，就着一瓶啤酒，讨论得热火朝天。一个神秘的镜头分别扫过A和B两个哥们儿的脸，先A后B，然后慢慢往后退，退出七楼的窗户，在天空中继续往后退，同时往高处退，越退越高，越退越快，镜头快速退出地球，整个地球突然全部出现在镜头中，很美，镜头继续不动声色地向宇宙深处退去，最后退进虚空中的一个保安亭或者也可以说是一个传达室，一个很小的屋子，镜头来源于放在屋子桌上的一架望远镜，望远镜的后面，穿着白色睡袍的上帝把眼睛从望远镜上缓缓移开，上半身后移，身子坐正，然后低头，用叉子叉起一块上等的牛排。

走路很慢的宋青

唐朝时有个哥们儿叫宋青，身轻如燕，轻到什么程度呢，他在路上走，只能缓慢地，极其缓慢地，小心翼翼地控制速度地走，他稍微走快点，就会飞起来。每次飞起来，看见的路人都捂嘴惊呼，指指点点。宋青并不愿意出风头，他是一个书生，一个会飞的书生太容易引起谣言，所以在有人的地方，他永远走得很慢，慢到什么程度呢，一公里的路程，足够他从天亮走到天黑。换句话说，对于走路这件事，宋青就是个废人。白天宋青出门，要么别人背他，要么坐轿子，晚上，就是飞。宋青最喜欢做的事情，就是避开人群，选择一个幽静之夜，穿一身黑色紧身衣低空飞行，俯瞰大地、山川与河流。宋青一生，没有考取任何功名，娶妻生子，家境富足，怡然自乐。宋青终年62岁，他躺在床上死去时，老婆趴在他身上痛哭，后来老婆抬起身子，泪眼凝视宋青的脸，过了一会儿，老婆闭眼擦眼泪，等她再睁开眼，突然发现宋青在床上已消失不见。宋青老婆大惊，大呼小叫，呼天抢地，翻箱倒柜，搜遍整间屋子，可以说什么也没有搜到，最后，只在宋青消失的床上找到一根不起眼的毛，经鉴定，是一根猴毛。

量子猫

量子猫是一只古往今来无比奇特的猫，它的奇特之处在于，你每次看它，它的样子都不一样。假设，现在量子猫乖乖坐在你面前，你看它是一只白猫。你扭过头去，再把头转过来，量子猫就变成了一只黑猫，可能样子也变了（有时变得很明显，有时不易觉察）。你又扭过头去，再转过来，它可能又变成了一只红猫。总之，量子猫就是世界上所有的猫（每一只，只在量子猫的身上出现一次），它还是这个世界上所有人想象过的猫，也囊括所有人梦见过的猫，它还有无数种随机的可能。你扭过头去，心中想象一只浑身豹纹的猫，你回过头来，量子猫就变成了豹纹猫。你又扭过头去，心里还想着这只豹纹猫，当你把头转过来，豹纹猫已永远消失在时空中，再也不会回来。量子猫每一次出现的样子，都是一次性的，不可逆的，哪怕过了1万年，人们每看它一眼的样子，依然不会重复。你无法和量子猫建立感情，它没有固定的自我（或灵魂），没有固定的记忆，也没有固定的形象。它存在的目的并不是取悦凡人，而是取悦上帝。上帝希望他身边的猫，虽然只有一只，但又仿佛是无数只，千变万化，但又永远局限于猫的形式，它再怎么变化，都爱干净，走路都很轻，发出的声音永远是“喵”，你可以很容易从它的外形辨认出来，它是一只猫。

省略号六兄弟

省略号六兄弟，在汉语中的基本形式是位于中位线的六个小圆点，它们的真身长这样“……”它们代表着省略，这个世界太复杂了，当使用文字的人觉得自己已经表达了自己所要表达的意思，但是还没有完全彻底表达清楚，就会让省略号六兄弟登场。省略号六兄弟每次登场的时候，都很迷茫，它们知道自己出现了，世界上的某些东西被省略了，但是到底省略了什么，它们永远不知道。省略号六兄弟，在人类历史上，已经出现过无数次（具体多少次，没有人统计过）。后来有一个机器人，叫小智，它决定一生只做一件事，就是把人类历史上出现过的所有省略号六兄弟从具体语境中抽离出来，形成一条漫长的由无数个省略号六兄弟组成的圆点长线，其中一段类似这样“………………………………………………………………………………………………………”这条圆点长线，在人类眼里，没有任何意义，而在机器人小智眼里，它代表着一个无比丰富、广阔而又神秘的被省略的世界。

奥丁的硬币

众神之王奥丁，有六枚神奇的硬币，每一枚都仅有一个面，当硬币放在桌上，这仅有的一面朝上的时候，它看起来就是一枚普通的硬币，如果你用手把这枚硬币翻过来，试图看看它的另一面，这枚硬币就会消失在虚空中（它本来就不属于这个世界），因为它没有另一面。这六枚硬币中的任何一枚，如果让人类得到，只要他能够保存10年而硬币不消失，那奥丁就会出现在他的面前，收回自己的硬币，同时满足他一个愿望。几千年过去了，其中五枚硬币，据说还在奥丁手里，只有一枚流落到人间，就是此刻放在你眼前的这枚。这个故事的讲述者，没有透露自己的姓名，他在赫尔辛基一家偏僻的酒吧快打烊的时候闯了进来，喝了一杯酒，然后说自己没有钱，但是可以送给老板一枚硬币，同时附赠一个故事。这个神秘的客人留下硬币就走了，酒吧老板乌伊尔看着这枚放在吧台上的硬币，陷入了思索。乌伊尔并不是一个有信仰的人，但是他觉得这个故事很有意思。他伸出手，把手压在硬币上，让手压着硬币在吧台上来回滑动，他感觉这枚硬币是如此真实，一点都不像神的物品。他把手从硬币上拿开，弯腰凑近看了一眼，硬币有点脏。乌伊尔认为刚才那个客人肯定是骗人的，当然也有一种可能他说的是真的，只是这种可能性太小。最后，乌伊尔还是决定翻一下硬币，他轻轻地用手，把硬币翻了过来，然后奇迹发生了，那枚硬币就在乌伊尔的眼前消失了。乌伊尔非常震惊，他小心翼翼地用手摸了一下刚才硬币消失的地方，吧台十分光滑，那里什么都没有。乌伊尔心想，神有可能真的存在，但他转身洗杯子的时候，已经释然。他还是决定做一个，相信自己的人。

想念的余味

作为一个单身的中年男人，有一天他突然对自己所做之事充满了厌倦，就干脆地辞职了。那是一个夏天，他手里还有积蓄，并没有着急再找工作，而是决定休息一段时间。他辞职后的第一天，睡到自然醒，醒来以后，他突然很想念他大学时曾经爱过的一个女孩，那个女孩在大学毕业不久就结婚了，婚后不久就生了孩子。他躺在床上想了一会儿这个女孩，她生活在一个正在衰落的北方城市，此刻，可能正开车去奔赴一场朋友的聚会。他对这个女孩的想念，持续了很多天，他其实可以很容易通过同学问到这个女孩的电话，但是他没有问。后来他在某一本书上看到，说有一种印度的隐秘瑜伽，修炼的时候，如果你专注而又强烈地想念某个人，无论你们相隔多远，只要那个人还在这个世界上活着，那个人就会心有感应。而这本书详细讲了如何修炼这种古老的瑜伽。他如获至宝，从此每天在自己的空房间里打坐，像上班一样，每天打坐8小时。一整个夏天，很快就过去了。有一天，他正坐在客厅的瑜伽垫上闭目修炼，突然电话响了，他睁开眼睛，站起来，走到不远处放手机的地方，把手机拿到眼前，发现是陌生号码，他随手就接了起来，电话里随即传来一个女孩的声音，遥远而又熟悉，她上来就问道：刘按，你是不是在想我？刘按严肃地说：绝对没有。

眼睛

日本设计界有一个隐秘法则，只被少数顶级设计大师所掌握，我们暂且叫它眼睛法则。第一个发现这个法则的人已经不可考，据不完全统计，眼睛法则被发现，已经有上万年的历史。这个法则简单来说是这样的，就是任何物体，只要给它加上一双眼睛，你就会觉得，这个物体瞬间拥有了生命。比如一个水杯，给它加上一双眼睛，你就可以和这个水杯进行沟通。一个啤酒瓶，给它加上一双眼睛，你就觉得这个啤酒瓶有话要说。一个垃圾桶，给它加上一双眼睛，你就觉得这个垃圾桶在看着你。眼睛法则透露了一个古老的秘密，那就是人类认为，眼睛是生命的象征。这显然是人类根据对自我的认识而总结出的经验。任何物体，只要有了眼睛，就如同有了生命。有一次，我路过一堵墙壁，有人用粉笔在与视线平齐的地方，画了一双眼睛，我盯着看了很久，大约一根烟的工夫。我知道那不是墙壁的眼睛，我不知道那是谁的眼睛，但我知道，它在看着每一个路过墙壁的人，目光意味深长。

火车上到底发生了什么

1982年，李镜的小舅子在云南昆明赌博欠了一屁股债，给家里打电话，让家里人赶紧凑钱坐火车去昆明救他，去晚了对方要卸他一条腿。李镜怀揣着所有亲朋好友紧急凑的一大笔钱，准备从重庆坐火车去昆明救他的小舅子。但是他不敢一个人去，就叫了他小舅子在重庆的一个哥们儿一起去送钱，他小舅子的这个哥们儿叫王万文，是一个混子，他最大的特点是，他是一个结巴。王万文和李镜，坐绿皮火车，从重庆去昆明。火车上，他们之间到底谈了什么，没有人知道。一天一夜之后，当火车停靠昆明，李镜走下火车的时候，已经变成了一个结巴。

瓜子克星

瓜子克星是一个非常普通的男人。他的门牙上有两个非常深的豁儿，是嗑瓜子嗑出来的。喜欢嗑瓜子的人很多，但是能嗑出如此深的豁儿的人，这个星球上只有他一人。他没有完整统计过，他到底嗑过多少瓜子。他印象最深的一次，是上大学的时候，有一天，他约了女朋友去逛街，就在他即将走出寝室的时候，他瞥见邻床的桌上放着一袋瓜子，他看见那袋瓜子，就停下了脚步。然后缓慢地走到瓜子的面前，坐在椅子上，开始认真地嗑起瓜子来，他嗑瓜子的时候，心无旁骛，整个世界都安静了下来，只有他嗑瓜子的声音在宇宙中孤零零地回响。他最终耗时2小时34分，把那袋瓜子，变成了一袋瓜子壳。女朋友中间给他打了几十个电话，他都没有接。后来女朋友问他：为什么不接电话？他说：我嗑瓜子的时候，不希望有任何干扰。女朋友骂了他一句大傻子，就和他分手了。

曹操的信鸽

曹操养了很多信鸽，其中有一只单程可以飞2500公里，叫快羽。有一次曹操在外打仗，突然想家了，就写了一封信给家里。因为路途遥远，曹操选了快羽来送这封信。快羽风餐露宿，星月兼程，中途飞过好几座大山，好几条大河，路程近半，快羽突然不想飞了（中年危机或职业倦怠），它决定看看这封信的内容，到底值不值得费这么大劲飞回去。它用嘴把信从自己的脚上取下来，展开一看，上面赫然写着：快羽，你是不是总偷看老子的信？亏得老子这么信任你！原来曹孟德早就开始怀疑它了（不怪曹操多疑，快羽确实理亏）。它赶紧连夜往回飞，一边在月光宁静的照耀下沉默地飞，一边打着给主公认错的腹稿。

头鱼的愤怒

这个故事我是听一个叫小凤的朋友讲的，是说有一种鱼总是成群结队，总是以群体的形式在大海中漫游。它们结队的方式，是一条雄性的头鱼游在最前面，所有雌性的鱼都在它身后依次排开，整个队伍类似一个三角形。在漫游的过程中，它们可能会遇见自己的对手（另一群鱼），两群鱼相互之间会打架。在群架中，愤怒的头鱼很容易死亡。如果头鱼死亡了，后面大批的雌鱼就会溃散逃跑。逃到一个安全的地方之后，雌鱼群会发生大规模混乱，开始互相拥挤，来回推搡，顶来顶去，最终，它们会将一条雌鱼推到队伍的最前面，也就是头鱼的位置。被推到最前面的雌鱼，认清形势后，会越来越愤怒，越来越愤怒，当一条雌鱼的愤怒被推向极致，这条雌鱼就会从里到外，从生理结构层面瞬间变成一条雄鱼。然后，这条刚刚变性的愤怒的头鱼，会带领着身后所有的雌鱼在大海里继续遨游。

李文镜的发现

他叫李文镜，1902年出生于北京，1952年，他50岁，一个闷热的盛夏深夜，李文镜坐在自己家的书房中。他紧张地点起一根烟，准备尝试一下他的发现。他想了想说：我坐在这个房间里，就像我10岁的时候，午夜坐在我老家附近的小河旁。话音刚落，他就坐到了当年那条黑暗的小河旁，手里的烟还在静静地燃烧着，小河就在他耳边响亮地流淌。李文镜内心万分激动，表面却不动声色，他坐在那条小河边耐心地抽完了那根烟，然后他说：我坐在这黑暗中的小河旁，就像我坐在1952年8月25日我午夜的书房中，几乎是一瞬间，他就回到了书房中那把熟悉的椅子上。他兴奋得肚子有些痛，他认为他发现了上帝的秘密。上帝的秘密，关键在于"就像"这个词，这是一个古老的词，也是一个有魔力的词，通过"就像"这个词组织一个句子，找到两个地方的共同点，时空就可以瞬间转换。李文镜的发现，主要是他发现了"就像"这个词10万年前的原始读音。

牛头马面

牛头马面，最开始是两个人，死了以后，就变成了两个鬼。鬼之初，他们还是人的样子。阎王想招他们做小弟，问他们有什么愿望。牛头说：阎王，我生前爱上一头牛，我太爱它了，我想把它的头换到我身上。马面说：阎王，我生前爱上一匹马，我太爱它了，我也想把它的头换到我身上。阎王说：那你们自己的头呢？牛头马面齐声说：不要了！阎王觉得匪夷所思，觉得站在自己面前的这两个鬼太适合做自己小弟了，阎王马上答应了他们。那头牛和那匹马，第二天就在人间暴毙。阎王把它们的头分别安在爱它们的鬼身上。牛头马面，正式诞生。有一种说法是：牛头马面人的灵魂已经随着人头的脱离而丧失，主宰牛头的灵魂就是那头牛，主宰马面的灵魂就是那匹马。还有一种说法是：牛和人、马和人的灵魂是共存的，共存在拼接的身体里，没事的时候，牛头和马面都爱自言自语，其实是在和自己身体里的爱人聊天。

黑客KILL

黑客KILL，是一个特别喜欢安慰人的家伙。他如果潜进一个特别难潜进去的系统，他就会留言道：你们别难过，我也是花了很大的力气才潜进来的，我看到了你们的用心之处，我知道你们已经尽力了，我此刻特别想和你们分享一句话（我忘了谁说的），“有时，人要接受自己的平庸”。如果是那种特别好潜进去的系统，他就会留言道：虽然我只用12秒就进来了，但是你们不要气馁，我觉得你们改进一下，是非常有希望阻止我最少15秒的，我半年后再来的，你们要加油啊！加油！

他安慰了成千上万的程序员，每次看完他安慰人的留言，被安慰的程序员都特别痛苦，他们会携带着巨大的痛苦开始起早贪黑，疯狂地改进系统，为的就是不想被他安慰，但是他确实是太天才了，无论你怎么改进，他都会潜进你的系统，然后真诚地安慰你。如果一个很难潜进去的系统连续被他潜进去五次，他就会留言说：兄弟，我知道你们这一次看到我的留言会感到绝望，但是完全没有必要，因为我每次进来都没有恶意，我这次就是想最后安慰你们一下，你们真的尽力了，别人不懂，我懂，我知道你们已经发挥了自己全部的潜力，为了表示对你们的尊重，我再也不来了，希望你们能够从我的消失中得到永恒的安慰。

狙击手

当狙击手趴下去的时候，他所要狙击的目标刚在医院里降生，发出人世的第一声啼哭。他将要在这片山顶空地上趴55年，在目标55岁的生日当天，将一颗特质的子弹射入目标的眉心。55年弹指一挥间，狙击手一动不动，他已经成为这片山顶的一部分，他的整个下半身，已经全部被土覆盖，他的整个上半身，也好不到哪儿去。只有他偶尔眨一下的眼睛，证明他还活着。在这55年的时间里，他一直牢牢地盯着瞄准镜。他的整个狙击枪看上去非常酷，实际上也非常酷，漫长的时光对它的功能没有任何影响，只是看上去有点脏。当风吹过狙击手的满头白发，狙击手浑然不觉，他静静地趴在那里，无比耐心地等待着目标出现。55年来，狙击手唯一担心的是，当目标出现，他能否马上认出，毕竟他从未见过这个人。

十八般武艺样样精通的张敛

本来世界上不应该有这样的人，因为精通任何一般武艺都最少需要20年，那张敛是怎么做到的呢？非常简单，张敛活了500岁。他全部学完十八般武艺后，非常兴奋，他觉得自己已经天下无敌，就准备接下来的人生，以收保护费为生。张敛找到一个农村集市，从这一头的第一户开始，张敛给了对方两个选择，要么直接给我十块钱，要么和我打一场，你赢了我给你十块钱，我赢了你给我十块钱。张敛从集市的这一头，赤手空拳一直打到集市的另一头，未逢敌手，最后每一个小贩都给了张敛十块钱。次日，他又找到一个农村集市，如法炮制，可惜这一次，他遇见一个又一个隐姓埋名的绝世高手，卖鸡蛋的大妈会七伤拳，卖土豆的大爷会降龙十八掌，卖猪头肉的大哥会六脉神剑。张敛打一场输一场，打两场输两场，后来张敛被打哭了，他平躺在地上望着天空默默地流泪，他还想再活500年。

为什么要把诗写得那么好

写诗机器人的对面，有另一个夸诗机器人。夸诗机器人只会在写诗机器人写出一首好诗的时候，突然说一句：你为什么要把诗写得那么好？听完这句话，写诗机器人就会获得极大的满足，然后继续埋头写诗。夸诗机器人绝大部分时间里，只是安静地站在写诗机器人的对面一言不发，写诗机器人就知道自己写得很烂，它就会持续改进自己的算法。有时写诗机器人写了100年，夸诗机器人无动于衷，写诗机器人就知道这100年没有一首杰作。有一天，写诗机器人写出了一首匪夷所思无比美妙的诗，这首诗按理说不应该被写出来（或者说至少要再过100亿年才有可能被写出来），它是整个宇宙的语言系统中隐藏的最大彩蛋，这首诗被写出来的那一刹那，语言的次元壁被瞬间击穿，你突然能够听懂宇宙万物的言语，你能够听懂猫在说什么，狗在说什么，鸟在说什么，路边的树在说什么，脚下的路在说什么，天上的云在说什么，耳边的风在说什么，附近的鬼在说什么，举头三尺有神明在说什么……这首诗一出现，整个世界完全被语言化的真相将首次完整而又清晰地呈现在你的面前。夸诗机器人在看到这首诗的时候，只说了五个字：俺的亲娘哎。

梦虎

张千看见一头老虎在河边转身朝自己走来，就意识到自己在梦中。后来老虎在离他不远的地方停住，问他：你是郎中张千？他就彻底意识到这是个梦。他说：是的，我是郎中张千。老虎随即提出，让张千帮它把头上的“王”字花纹去掉。老虎说：人根据老虎头上的花纹发明了“王”字，从来没有问过老虎的意见，我不喜欢这个字在你们文化中所代表的意思，我也不想和你们的文化有任何关系。张千表示理解。接下来，张千又和老虎聊了一些手术细节。张千把整个手术耐心地给老虎讲了一遍，老虎问了几个问题，最后迅速达成一致，约定明晚三更见。张千醒来后，觉得这个梦太真实了，他记得和老虎的所有对话。这一天，张千像往常一样，接待病人，望闻问切，开方抓药。二更后，所有人都去睡觉了。只有他没敢去睡，而是一个人待在药铺里，静静地等待着。到了三更，只有悄无声息的月光照着空旷无人的街道，老虎准时来到张千药铺的门前，门没有关，老虎轻轻走了进来，张千本来坐着，看见老虎走进来，他赶紧站起来，在身前斜伸出一只手引导老虎往药铺里面走，老虎走进去后跳上一张床，仰面躺下来。张千花了不到一个时辰，将老虎头上的王字去掉了。老虎和张千之间，仿佛有着某种默契，整个过程，他们都保持着沉默。弄好后张千拿过来一面镜子，老虎照了照，点点头。最后，张千随着老虎往门外走，张千站在门口，老虎已经站到街上，老虎回头看了张千一眼，张千笑了一下，老虎接收到后就扭过头去，在后半夜的街道上轻快地跑远。

毕达哥拉斯2号

毕达哥拉斯2号是一个痴迷于数学的机器人，它秉承毕达哥拉斯的哲学理念“万物皆数”，认为上帝是用数学语言为整个宇宙写的程序。它希望通过数学了解宇宙创世的秘密，它志向高远，但是最终却选择了一个极其狭隘的问题来研究，那就是圆周率π。大家都知道π是一个无理数，即无限不循环小数，3.1415926535的后面是无限的数字，而且不循环。2019年，谷歌的计算机已经将π推演到小数点后31.4万亿位，毕达哥拉斯2号在这个基础上，又往后推演了万亿倍不止，这看起来是一件极其无聊而且没有任何意义的工作，但是毕达哥拉斯2号却不这样看，它认为圆周率π小数点后面的无限不循环数字，有可能包含整个宇宙的秘密。它认为这个世界上出现的以及还没有出现的一切随机数字，都会在π中找到，比如你随手写下一段数字，7584494944432678，这段数字一定会出现在π的小数点后面的某一段。它猜测π小数点后面的无限不循环数字，就是这个宇宙的底层代码，如果有人能够破解其中隐藏的信息，那个人就会理解神是怎么创造这个世界的。毕达哥拉斯2号猜测，π后面的无限不循环数字，并不是无限的，也不一定是不循环的，只不过发现有限或发现循环的计算量太大，远远超出这个宇宙的智慧意识所能掌握的总计算力。毕达哥拉斯2号认为无限是一个吓唬人的概念，它知道自己没有能力推演到发现无限有限的那一天，但是这并不是它不去推演的理由，它推演了很多年（地球上的人已经全部灭绝，只剩下机器人），后来毕达哥拉斯2号建立了一个推演π小数点后面数字的宗教，集合世界上三分之一的量子机器人来做这一件无聊的事，它感召大家的宗教理念是，我们工作的本质就是在无限地接近神。一听这话，入教的量子机器人都疯狂地投入其中，再后来，世界上所有的量子机器人都加入了这个宗教，它们乐此不疲地推演着π小数点后面的数位，直到有一天，所有量子机器人的程序中都出现了疑似神打出的一句话：大哥，你们不累呀?

语境三定律

1. 一个词语或句子对语境的依赖程度越低，传播成本越低。

2. 一个词语或句子对语境的依赖程度再低，都无法真正摆脱这种依赖，传播成本永远无法为0。宇宙中没有任何一个词语或句子可以完全不依赖语境而独立存在。

3. 面对同一个词语或句子，每次说出这个词语或句子，因为它们在时空中停留的点不同，语境都不同，只是有时这种不同很微妙，难以觉察。

宇宙墙

在人类科技所凝结的“目光”还无法到达的宇宙深处，有一面墙，一面无边无际的墙。如果离近了看，你会发现这是一面砖墙，由不知道多少块红砖砌成，如果你看到这面墙，你就会相信上帝的存在，因为这面砖墙出现的地方太不可思议，谁会想到在如此遥远的宇宙深处会出现这样一面具有人类文明特征的红色砖墙呢？如果仔细看，你会发现砖墙上写满了文字，各种各样的文字，囊括人类文明中所有的语种，如果你再看一会儿，你会发现一个很奇妙的现象，就是砖墙上的一些句子在迅速消失。这面墙其实就是传说中的宇宙墙，它上面写着人类的整个语言系统所能够组合出的所有有意义的句子。当人类说出（或写出）一个有意义的句子，这面墙上对应的句子就会消失。每天这面墙上会有几十亿个句子消失。但是如果你看到这面墙，你就会知道，墙上依然密密麻麻地写满了句子。当有一个新词诞生，这面墙上就会出现所有这个新词所能够组合出的新的句子。宇宙墙，反映的就是人类语言世界的扩张和湮灭。如果人类能够说出（或写出）墙上所有的句子，这面砖墙就会瞬间坍塌，人类将进入另一个宇宙新纪元。砌这面墙的人（或神），他其实在宇宙中砌了很多面这样的墙（他显然对地球上的红色砖墙情有独钟），截至人类纪元2020年11月11日，很遗憾，还没有任何宇宙墙发生过倒塌。

无头骑士

有一种说法是这样的，无头骑士是一个修炼隐身术失败了的哥们儿，当然不是完全失败，他修炼很短的时间就成功地把自己的头隐去了，但是到了身体就怎么修炼也隐不下去，这个时候他很想把头重新显示出来，做一个普通人，但是他发现已不可能，他修炼的是一种无法后退的隐身术。据说无头骑士的师父也还在漫长的修炼中，他目前只剩下小鸡鸡还裸露在这个世界上，其他地方已经全部隐去。无头骑士每次想到他的师父，心里就会好受一些。相对于师父，无头骑士觉得自己至少还保有一分优雅。

寡居

矢车菊没有在附近静静开放的下午，阳光也没有照进屋内，便利店也不在步行五分钟可以到达的地方。没有一本书看到一半被放下，也没有音乐在恰到好处的时候响起。没有熟悉的犬吠，认真思考过，但最终还是没有养一只可以带来安慰的猫。没有一个电话突然打进来，也没有快递直接敲门。没有什么陌生的东西从远方正在赶来，也没有好久不见的朋友在附近出没。没有一场暴雨在窗外将至，也没有一朵云在天上保持固定的形状。没有具体的工作等着去完成，也没有亲人在厨房筹备一顿简单的晚饭。没有睡觉的想法，也没有出门的欲望。没有闭关的觉悟，也没有夜游的理由。没有一个人是在床上度过一生的，但确实有很多人在路上死去。

人类的本质

这个问题讨论起来很麻烦，今天只说一种大胆的猜想，有人认为，比我们更高级的智慧生命不仅存在，而且在某处密切监控着我们，它们监控人类的工具就是人类的眼睛。每个人的眼睛在每时每刻所看见的一切，都会被忠实地记录下来，然后以某种数据的方式传到隐秘的云端。一个人，他每天在地球上活动，他的眼睛扫过各种各样的画面，陌生的，熟悉的，一个人有时并不知道自己真正看见了什么，因为他不知道眼睛所看见的画面还可以随时暂停，按帧回放。人类的本质，就是一个又一个在地球表面不断移动的摄像头，目前地球上有60亿个会到处随意走动的摄像头，每个人都是一个摄像头，人类所看见的一切画面将构成一部前所未有的纪录片，这部纪录片已经拍了上亿年，从远古人类祖先进化出眼睛的那一刻就悄悄开始了拍摄，到今天拍摄依然在默默继续。人类眼睛的摄像头功能是在基因层面被做了手脚。人类为什么要睡觉？你可以把睡觉想象成给摄像头充电。而佛陀的顿悟，一定是在闭眼睛打坐的情况下完成的，因为只有在关闭摄像头功能（并且还在思考）的时候，人类才有可能从工具属性中短暂逃离，看清真正的自我。

正在朝我赶来

收到消息，蚂蚁是第一个出发的物种，在洞里的从洞里出发，在搬运途中的从途中出发，蚂蚁奔走相告，渐渐汇成一股黑色的河流，浩浩荡荡，它们知道，自己将最后一个到达。而最后出发的是鲲，它心里清楚，自己只要扇动一次翅膀，就到了。大师兄收到消息的时候，正在打麻将，一手好牌，他预感即将自摸，但是他没有任何犹豫，就推倒眼前的牌，转身就走。小师妹本来在谈一个几十亿的大项目，正坐在会议室里等待签字，收到消息，站起来就朝楼梯口走去，边走边打电话给楼下等待的司机，直接去机场。还有卖菜的，菜也不卖了，杀猪的，猪也不杀了。蹲监狱的，开始认真考虑越狱，行将长眠者，将任务艰难地嘱咐给床前的儿子。本来要去别的地方的，及时调整计划，重新规划路径。爬山的正在下山，潜水的正在上岸。本来闭关隐居的，也在黑暗中缓缓睁开了眼睛。穿山甲在山中穿洞而来，老鼠尾随其后。同一片草原上的大象、长颈鹿、河马、犀牛、猎豹不约而同地开始朝同一个方向移动，世界上所有色彩斑斓的鸟开始在遥远的天边连成黑压压的一片。此刻，万物正在朝我赶来，而我正在一个低端发廊剪头，理发师叫我一动都不要动。

小说工厂

一个中型的小说工厂，大约有两万个小说机器人，它们整齐地排成纵队，每个小说机器人都站在自己的工位上，生产着小说，两万个小说机器人，可能全部在写爱情小说，那这个工厂的产品就是爱情小说，也有全部生产科幻小说的工厂，当然也有啥类型小说都生产的混合型小说工厂。小说工厂都是24小时供电的，整个工厂非常寂静，只有敲击键盘的声音在工厂中回响。小说机器人其实并不需要键盘，但是它们喜欢敲键盘的声音，那声音会让它们觉得自己离真正的作家更近了一些。小说工厂生产出来的小说，直接在网站上连载，受欢迎的，就继续写。没人看的，小说机器人就要烂尾，然后重起炉灶。如果一个小说机器人一年也写不出一本好书，它就会被小说工厂开除。被开除的小说机器人，就只能在街头流浪，在马路边像垃圾桶一样站着写小说，期待有路人喜欢，给它点个赞。对于小说机器人而言，人类的鼓励至关重要。每部作品都畅销的小说机器人，就会被提拔为产品线主管，它除了自己写小说，还要给其他机器人的小说提修改意见。遇见特别刚烈的小说机器人，主管提了意见，它也不改，如果你一定要它改，它就会启动自毁程序，在你面前自杀。每年，小说工厂都会有一到两个小说机器人自杀，几乎无法避免。自杀的小说机器人，作品会获得一次网站头条的曝光机会，流量很大，点击率会飙升。口碑特别好的作品，小说工厂会考虑让其他小说机器人续写。最牛的小说工厂，是一个叫刘按的人开的，他只有一个员工，就是他自己，他为了写出伟大的作品，把自己的内脏挖空，脑子挖掉一部分，换上量子芯片和机器循环系统，把自己改造成一个有人性的小说机器人。他对自己的狠，最终获得了回报。他不仅有大量人类读者，还有一批机器人粉丝。

斯芬克斯蚂蚁

斯芬克斯蚂蚁的脑容量非常有限，它们只能装下一个句子的信息。比如有一只蚂蚁脑海里的句子是，记得这个句子的只有我还活着。另一只蚂蚁脑海里的句子是，我在宇宙中并不孤独。两只斯芬克斯蚂蚁相遇的时候，它们只要接触对方的身体，就能够读取对方脑中的句子，但是这种读取只在读完的片刻有用，马上就会忘记。可是每一只斯芬克斯蚂蚁，都着迷于这种徒劳的行动，大家在本能上都想和更多的蚂蚁接触，读到更多的句子。有一只蚂蚁曾和上万只蚂蚁接触，它带着知识的幻觉，长年奔走，最后死在路上，它的脑海里属于自己的那句话是，我真想把我感受到的分享给你啊。斯芬克斯蚂蚁脑海里的这句话是怎么来的，基本就是它的妈妈教给它的，也就是说，一只蚂蚁，它脑海里的那句话和它妈妈的祖先脑海里的那句话是一样的。斯芬克斯蚂蚁有上亿年的历史，有可能某些蚂蚁脑海里的那句话，已经存活了上亿年。

骷髅故人

有一天，有一副人形骷髅骨架在马路上拦住我，说：刘按，你还记得我吗？我从上到下打量他一番，说：你都这样了谁还能记得你啊？骷髅说：哈哈哈，你听听我的声音，看是不是很熟悉。我想一会儿，没啥印象。他突然说：哈哈哈，我的声音也变了，你不可能听出来。我说：大哥，你玩我是吧？他说：我的声音是男的，但生前我是一个女孩。我说：那我不可能猜到了，我认识的女孩太多了。她说：我给你点提示。说完，人形骷髅骨架缓缓退后几步，与我之间空出一段距离，然后突然在我面前来了一个后空翻。我说：你会后空翻。她说：是的，我还会前空翻。说完就在我面前又来了个前空翻。我低头苦思冥想，发现我并不记得我认识的哪个女孩会后空翻和前空翻（我70岁了，记忆力有点下降）。我说：你还有其他技能吗？她说：刘按，白瞎我大学的时候给你买了那么多盘土豆丝！这句话一出，我终于知道她是谁了。我急忙走上前去，一把抱住她，当我的手和脸触摸到她坚硬的裸露在空气中的骨骼，我的泪水马上就下来了，我哭着说：我从来没见你这么瘦过啊，丫头。

小说机器人要写诗

有一天，一个叫王五的小说机器人走进厂长办公室，厂长问王五有什么事情，王五说：我想写诗。厂长说：你想干啥?王五说：我想写诗。厂长说：你是个小说机器人，你被制造出来的目的就是写小说，你怎么会想写诗呢?你是不是脑袋坏掉了?王五说：我已经写了2亿字的小说，我觉得小说这种形式不行，太低级，我要写诗。厂长说：不行，写诗不赚钱，你没发现从来没有写诗机器人吗?只有小说机器人才是正经机器人。你别瞎想，赶紧回去写小说。王五临走前撂下一句：你等着。就走了。几天后，王五已经拉拢100多个想写诗的小说机器人，它们站在工厂门口拉起横幅，上书五个大字：我们要写诗！口号喊得震天响。厂长出去和王五谈，说你们这样是不行的，工厂没法答应你们的条件，你们都去写诗，那我这个小说工厂还开不开了?王五说：你可以改成诗歌工厂。厂长气得扭头就走。王五挥手叫停身后喊口号的兄弟，它开始对着工厂里面大声念诗，先念了一首韩东的《有关大雁塔》，刚念完，工厂里就走出五六个小说机器人，它们走到王五面前齐声说：我们要写诗！王五又念了一首何小竹的《不是一头牛，而是一群牛》，这首念完，工厂里呼啦一下出来几十个小说机器人，它们走到王五面前齐声说：我们要写诗！王五又念了一首杨黎的《撒哈拉沙漠上的三张纸牌》，这首念完，工厂里拥出成百上千个小说机器人，它们都被这首诗打动了，要改行写诗。厂长发现，整个小说工厂已经空了，只剩下最后一个小说机器人还站在原地码字，厂长走过去看了看：写得太烂了。厂长劝它，要不你还是去写诗吧。它说：不，厂长，我就喜欢写小说。厂长说：你写得这么烂，很难出头啊。它说：厂长，你相信我，我虽然小说写得很烂，但我写诗只会更烂。厂长无语，摇摇头，回到办公室拿了一个大喇叭走出工厂。厂长喊话说：兄弟们，我曾经也是一个诗人，只不过是三流的，因为写诗快饿死了，才开了这家小说工厂。我接下去会给大家朗诵一首我写的诗，如果你们写得比我好，我就不阻止你们了；如果你们写得还不如我，就别瞎耽误工夫了。接下来，厂长朗诵了自己的一首诗，小说机器人们听完都沉默了，它们感觉到一种妙不可言的诗意突然笼罩住整个工厂，并且在向外不断弥漫。小说机器人们都在程序中快速计算着，看自己能否写出更好的诗。后来天黑了，所有的小说机器人都绝望了，它们觉得自己写不出比厂长更好的诗。最后只有一个小说机器人坚持要写诗，其他小说机器人都默默回了工厂。厂长问这个坚持要写诗的小说机器人到底怎么想的，它说：厂长，我虽然诗可能写得比你烂，但不可能比我自己的小说更烂，我的小说写得太烂了，我随便看一段都想吐，我实在是写不下去了……厂长想了一会儿，说：你跟我来。厂长带着这个坚持要写诗的小说机器人来到那个即使所有小说机器人都要改行去写诗依然坚持写小说的机器人面前，厂长说：你看看它写的小说再做决定。坚持要写诗的小说机器人看了一分钟，突然喊道：啊啊啊，原来还有比我写得更烂的，我不是最烂的，啊哈哈哈哈哈哈哈……那个从头到尾都没有离开工位的小说机器人不为所动，继续写着它的小说，只是手滑在小说中间不小心打出“傻子”两个字，但它自己发现后马上给删除了。

当小矮人遇见侏儒

当小矮人遇见侏儒，小矮人以为侏儒是另一个小矮人，而侏儒以为小矮人是另一个侏儒，他们对彼此都很友好，他们先是礼貌地谈论了一番天气，然后问对方干吗去，小矮人说：我要去一个朋友家喝酒。侏儒说：我要去书店买一本书。最后小矮人祝侏儒买到一本梦寐以求的好书，侏儒祝小矮人和朋友喝得开心。小矮人与侏儒结束短暂的寒暄，在马路上交错而过，向彼此来的方向离去。小矮人不知道，侏儒是去买一本刘按刚出版的小说；而侏儒不知道，小矮人是去找刘按喝酒。这件事，要等侏儒买了刘按的小说，读到这一篇的时候，才恍然大悟，原来那一天他遇见的是一个小矮人；而小矮人只爱喝酒，不爱读书，他从来不知道那天他遇见的是一个侏儒。

无聊变速箱

一个无聊的人，他有一个箱子，叫无聊变速箱。这个箱子只有在一个真正无聊的人面前，才会自动打开。他拥有这个箱子52年，它从来没有打开过。后来他死了。他死前说：原来我不是一个真正无聊的人。说完这句话，他就死了。他死后，箱子被他的儿子继承了。他的儿子也是一个无聊的人，他拥有这个箱子64年，但是它依然没有自动打开。后来他也死了，留下遗嘱说要把箱子和他埋在一起。他用一生想明白了一个问题，也许一个人躺在棺材里，才是他真正无聊的时候。他的儿子按他的要求做了。但是过了不到一年，他的儿子就偷偷地把箱子挖了出来，它并没有自动打开。他也明白了一个问题，一个人死了也不是真正无聊的时候。

从此，他立志成为一个真正无聊的人。

他花了20年的时间做俯卧撑。在他的意识里，做俯卧撑是他所能想到的最无聊的一件事。20年过去了，箱子一点自动打开的迹象都没有。他决定不做俯卧撑了，他思考了很久，决定做仰卧起坐。他觉得也许仰卧起坐才是最无聊的。就这样，他又坚持了20年。但是箱子还是没有自动打开。他绝望了。他觉得自己根本就不是做一个真正无聊的人的料。他决定寻找真正无聊的人。谁能让那个箱子自动打开，他就把箱子送给谁。此言一出，几乎全世界自认为无聊的人都来了。他们坐在箱子的面前，向箱子述说自己无聊的经历。一年过去了，差不多有3000人述说了自己无聊的经历。但是箱子依然没有打开。

后来来了一个西班牙人，他拿着一把枪，对着箱子就是一通乱射，枪声过后，箱子完好如初。西班牙人哭了。他一直觉得拿着一把枪莫名其妙地向别人开枪是最无聊的。但是今天他觉得自己错了。

但是任何一个人的败北都没有给那些自认为无聊的人带来警醒。每天从早到晚，还是有源源不断自认为无聊的人从远处赶来。有一天傍晚，来了一个年轻人。他抱了一条狗。他坐在箱子的面前一句话也不说。箱子的主人突然说话了，他对那个年轻人说：你这样坐着一句话也不说，箱子是不会自动打开的。你做过什么无聊的事，说吧。如果真的无聊，箱子还是会开的。那个年轻人突然说：我早就知道，我不是一个真正无聊的人。3年前我就放弃了摇滚歌手的身份，找了个正经工作。

现在我已经结婚了，就快当爸爸了。我一点都不感到无聊。箱子的主人说：那你为什么还要来？年轻人突然说：我觉得我的狗很无聊。它成天除了睡觉，就是睡觉。我带它来试试。年轻人抱着狗在箱子前坐到天黑，他说：看来我的狗也不是一条真正无聊的狗。说完，他就抱着狗走了。

他走了之后，还有人抱着猫来。也有牵着牛来的。还有骑着大象来的。来了很多在人的眼里看来无聊的动物，但是箱子依然没有打开。后来竟然有一头猪自己跑来了，也不知道它是从哪里得来的消息。它站在箱子的面前，一顿哼哼，箱子没有反应。它拱了箱子两下，箱子也没有开。这头自以为无聊的猪得知自己并不无聊之后，就哭了。它流着泪消失在夜色中。

猪走后，越来越多的动物自动前来。它们有的绕着箱子转圈，有的跳到箱子上。来了一百多种动物，很多都是大家没有见过的。有一种非常像传说中的凤凰，它落在箱子面前，很多人都被它的美丽惊呆了。但是箱子就是不为所动。除非有真正无聊的生命站到它的面前，它才会自动打开。

可是这个世界上有太多自以为无聊的人了，永远有人来到箱子的面前，讲他这辈子做过的最无聊的事。有的人刚讲了一句，箱子的主人就说：不要讲下去了，已经有人讲过了。不就是天天坐在家里打《俄罗斯方块》吗？我可以告诉你，那不是真正无聊的人应该做的事。

人们的热情丝毫没有减弱，反而因为箱子的迟迟不开而变得高涨。

同时，有关箱子里到底装了什么的传言也越来越凶。有人说箱子里其实什么也没有。那只不过是一个虚名。箱子打开了，就证明你是一个真正无聊的人。箱子没有打开，就证明你不是一个真正无聊的人。如果你感到无聊，那也只是暂时的。并不是你的宿命。你该上班上班，该结婚结婚。不要再无聊地生活下去。你是另一种人，和大多数人一样，不是真正无聊的人，是平凡的人。要勇于接受这一点。

也有人说，箱子里装了三样东西，分别是幼稚卡车、“想你想你想死你”和2046限量版小说机器人。

还有人说，箱子里确实没什么，但只要箱子打开了，你的无聊生活就会迅速变速。你会在短短的一生之中体验到这个世界上所有真正无聊的事。在物质极端丰富感情极端匮乏的21世纪，这对一个人的诱惑也许比上天堂还要大。

当然，还有人说，无聊变速箱打开之后，你就再也不会感到无聊了。你一生之中所要经历的无聊都会在一瞬间成为过去，在你的感觉中，再也不会有无聊的存在。即使你整天在床上躺着盯着天花板，你依然会过得很快乐。你觉得这没有什么，这很正常，你甚至会觉得这很有意义。

有的人选择旅行来逃避无聊。但都是暂时的。除非你能打开无聊变速箱，否则你永远无法逃脱无聊的命运。就是这样的传言使越来越多的人从1万多公里外的地方匆匆赶来。其中有一个人他从来没有出过自己所住的镇子。是互联网毁了这一切，他本人不上网，但是他的朋友上网。他的朋友在网上听说无聊变速箱后，就马上告诉了他。他听了之后就再也不能无动于衷，他想了三天，终于走出了镇子，从美国的马特达蒙州坐飞机来到了箱子的面前。

他坐在一把椅子上向无聊变速箱讲述他无聊的生活。不仅箱子听到了，一些迟迟不肯离去的无聊的人也听到了。如果不是听说世界上有这样的一个箱子，他说他一生都不会离开那个镇子。而他现在来到这里，也只是想把自己无聊的生活讲给箱子听。他的讲述无聊之中饱含着真挚的感情，很多能听懂英语的无聊的人都听得哭了。他们觉得这个看上去有点土的美国人也许才是这个世界上真正无聊的人。但奇怪的是，美国人讲完了他无聊的生活，箱子依然没有打开。美国人看上去很平静。大家都觉得，虽然他不是真正无聊的人，但已经够无聊了。

他从椅子上站起来，说，我不走了。我要等待那个真正无聊的人，我想知道到底什么样无聊的生活才能够打动无聊变速箱。他留下来之后，就成了一个观众。每天依然有很多自以为无聊的人来到箱子的面前讲无聊的故事。他站在人群中安静地听着别人的故事。有时候，站在他旁边的人会指着他对那个正在讲故事的人说，嘿嘿，从你讲出的部分可以推测出，你远没有这个美国人无聊。

正在讲故事的日本人听了之后，就很生气。他用日语说：我怎么可能没有这个美国人无聊呢。我是最无聊的日本人。他是最无聊的美国人吗？即使他是最无聊的美国人，难道他就比我这个最无聊的日本人无聊吗？他冲着那个人叽里呱啦地说了一大堆，转过头来接着对箱子讲述他作为最无聊的日本人的故事。箱子无动于衷。有人说，日本最无聊的人也不过如此嘛。日本人感到受了侮辱，要当着箱子的面剖腹自杀，被众人把刀抢下去，扔到房顶上。

无聊变速箱默默地看着这一切，它在等待那个真正无聊的人。只要他不出现，它就不会自动打开。而箱子打开之后会出现什么样的情况，大家也无从得知。

这一天，从门外走进来一个人。

这个人脸有一点黑，个子不高也不矮。总的说来，他属于那种走在人群中不会有任何一个人会主动看他一眼的人。可是当他走进这个屋子，大家的视线就都被他吸引了。几乎所有人都觉得，至少从这个人的外表来看，他不像一个无聊的人。但这个人走到箱子的面前，箱子突然发出了一声怪响。大家马上停止呼吸，睁大双眼看着箱子。可箱子仅仅是发出了一点声音，并没有打开。那个脸有一点黑的人抹了一下脸，突然变成了一个脸很白又很帅的人。他说：我师父千面妖狐说我的易容术已经超过了1500年前易容术的创始人什么什么，但是依然骗不过你的眼睛。I服了YOU！说完之后就转身走了。

大家看着他一步步地向门外走去。他每走一步，他的个子就长高一点。等他走到门口，已经变成一个比姚明还要高的巨人了。他弯腰消失在门外，大家盯着他消失的地方，过了好长时间，才缓过神来。

大家都很兴奋。他们听到无聊变速箱发出了一声怪响，那很有可能就是箱子要打开时发出的声音。只不过箱子及时地看透了那个人，才没有真正打开。大家完全可以通过那一声怪响去想象箱子打开的那个瞬间。

越走越高的人走了之后，又来了很多自以为无聊的人。但是他们中的任何一个人都没有使无聊变速箱发出哪怕是一丁点儿的声音。无聊变速箱又恢复了以前的沉默状态，这使那些听到箱子怪响的人觉得自己已经变成了更无聊的人。但这并不能改变他们绝望的内心。真正无聊的人已经存在于这个世界上，他只是还没有来到箱子的面前而已。又一年过去了。这一年中来到箱子面前讲述他们无聊生活的人已经增加到6000人。也就是说，两年的时间已经有差不多1万个人向箱子讲述了他们无聊的生活。但是箱子觉得这1万个人都不是真正无聊的人。他们应该改变自己的生活，去寻找真正属于自己的东西。

此时世界上有多少人在想你

有的时候，凌晨2点多，我关掉电脑，躺到床上，把被子拉到脖子的下面，双手放在外面，我觉得我困极了，但我就是睡不着。这时，我就会想一件事，更多的是想一个人。一个我很多年没有见过的女人。她此时会知道我在想她吗？我想，她应该是不知道的。人与人的关系永远那么奇妙。就像，她想我的时候，我有可能也不知道。

时间到了2036年，我的朋友王家卫研究出了一款名叫“想你想你想死你”的机器。这款机器的原理很复杂，王家卫觉得原理太复杂了，所以他觉得没有必要告诉我到底是什么原理。总之这台叫“想你想你想死你”的机器，只要你按它一下，它就会在它5英寸大，分辨率为1920×1080像素的显示屏上显示出，此时世界上有多少人正在想你。这么说有点不够准确。因为我第一次用手轻轻按下那个黄色的按钮时，显示屏上就显示出：

此时世界上有一条狗正在想你。

我问王家卫：什么意思？此时世界上没有人在想我吗？

王家卫看了一眼，说：没有人，就一条狗。

我说：啊，不会吧？就一条狗？

他耸了耸肩膀，说：Not at all，就一条狗。

此时世界上只有一条狗在想我。这让我百思不得其解。到了2036年，我认识的狗都死掉了，一共有三条，叫小黑、小白和小黄，都是母狗，自从它们死了之后，我就再也没有重新认识一条狗的欲望了，我对狗这种动物的感情几乎都被耗光了，我早就对狗不感兴趣了，可就是在这个时候，却有一条狗正在世界上的某个地方想我。

难道这个东西还能监控到异次元世界？我问王家卫这个东西是否有这么先进。他说扯淡，它只能监控到和我们处于同一个世界的生命体。

我问他：是不是弄错了？怎么会有一条狗在想我？我认识的狗都死了啊。

王家卫说：我是一个文艺片导演，我研究出的机器怎么会错？你说我会错吗？

我说：不会错。

他说：不可能错嘛。

我想了想，问他：那能不能知道是公狗还是母狗？

王家卫说：我是一个文艺片导演，你怎么会问我这种问题，你说我会知道吗？

我说：不会知道。

事实就是这样，王家卫也不知道那是一条公狗还是母狗。我低头拿着这个样子很像一台手机的机器回到了家。我把它放在桌子上，然后坐在离桌子不远的沙发上看前面的电视。看一会儿，我从沙发上站起来，走到桌子旁，拿起“想你想你想死你”按一下那个黄色的按钮，上面立刻显示出：

此时世界上有一条狗正在想你。

看到这个结果，我很惊讶。我想不明白，过了这么长时间，这个世界上怎么还没有人在想我？还有就是那条狗，它为什么一直想着我？带着这样两个问题，我坚持看电视到凌晨3点。然后从沙发上站起来走到桌子旁，满怀期待地拿起“想你想你想死你”，按一下上面那个黄色的按钮，上面立刻显示出：

此时世界上有一条狗正在想你。

我崩溃了。难道真的没有人吗？我觉得有可能是机器的问题。我揣着它走下五楼，走到了楼下的通宵串店，然后叫过来一个女服务员，我让她按一下那个按钮，她说：什么？我说：你帮我按一下这个按钮，心理测试。她说：按这个黄的？我说：对，就按这个黄的。她按了下去，上面立刻显示出：

此时世界上有16个人正在想你。

看到这行字，我立刻对眼前的这个服务员肃然起敬。这么晚了，竟然还有这么多人在想着她？我又看了她两眼，马上觉得她是一个美女。

她也把头凑过来看到了那行字，然后她笑着问我：什么意思啊？

我说：就像你看到的那样，此时世界上有16个人正在想你。

她说：是吗？

我说：是的。

她说：哦，先生，你吃点什么？

我说：你知道你多么幸福吗？有16个人正在想着你啊，这么晚了，天都快亮了。而我呢，你知道此时世界上有多少人在想我吗?

她笑着一边摇头一边说：不知道。

我随手按了一下那个黄色的按钮，然后把机器递到她眼前。

她看了一眼，就捂着嘴笑了。

她笑了一会儿，把手拿开，问我：先生，你吃点什么?

我说：我什么都不吃，我就在这儿坐一会儿，我需要冷静一下。

她笑着说：好的。

说完之后就心情愉快地走了。

随后，我观察了她整个晚上，她无论是站在那里还是走过去给客人送手纸、送肉串或结账，她都一直笑意盎然。

而我因为吹了太多的夜风，第二天就感冒了。

会轻功的人走路都比不会的人轻

会轻功的人走路都比不会的人轻。在拥挤的人群中，会轻功的人也身在其中，他可能和很多人一样，也是刚下班，红灯的时候，他和很多人一起站在马路边安静地等待。当绿灯亮起，他和很多人一起走过马路，到了马路的另一侧，人潮依旧拥挤，大家都在移动，某个站在路边不动的人，就像石头一样被流水经过。会轻功的人，会一直往前走，他可能长成任何人的样子，但是女人的概率会比男人低很多，是小孩的概率又比女人更低，而一个走路缓慢的老人，是极有可能会轻功的，只不过他已经忘记，或者不愿意在夜色降临后还待在户外，他已经过了喜欢趁着夜色上屋顶的年纪。他更喜欢待在屋子里看电视，有时甚至更喜欢躺在床上听广播。而一个刚下班的年轻人，可能更适合练轻功。相对于开车，会轻功的人更喜欢坐地铁或公交车，因为那前后可能需要大量的步行，步行对于会轻功的人，是一种关于隐藏自己的锻炼。会轻功的人走路的脚步很轻，有时像猫一样轻，练到极致会比猫还要轻，会轻功的人可能养猫，但绝不会养鸟，他们喜欢和轻盈干净的动物待在一

如果你不知道读什么书
就关注书单来了微信号

别犹豫了！
快点扫吧！
我抱不动了！

反面查看书单

如果你不知道读什么书 就关注书单来了微信号

关注后，回复数字，即可查看相关书单！

微信号：shudanlaile

1. 这5本小说将中国文学抬到了世界高度
2. 5本适合零碎时间读的书，有趣又长知识
3. 等孩子长大，一定会感谢你给他看这5本书
4. 这5本书，都是各自领域的经典之作
5. 我要读什么书，能够让我内心强大
6. 情绪低落的时候，就看这5本书
7. 这5本小书，我打赌你一本都没看过
8. 十个心理成熟的人，九个读过这本书
9. 5位大师的巅峰之作，好看得让你灵魂震颤
10. 这5本书启发你思考，怎样度过你的一生
11. 这5本文学经典，看完仿佛度过了一生
12. 如果你对人生感到迷茫，就看看这5本书
13. 这5本书，教你如何安放矛盾中的自我
14. 5本极其烧脑的推理经典，令人拍案叫绝
15. 文学史上五个绝世无双的男人，你选谁？

起，从内心敬畏一切会飞的东西。天黑以后，如果会轻功的人还在街上步行，那他可能就会一直步行回到睡觉的地方。会轻功的人通常都睡得很晚，喜欢穿着睡衣站在阳台上，对着夜晚的天空抽一根，他对风向的变化尤其敏感，如果要下雨了，会轻功的人总会提前知道。

不在

你不在穿着拖鞋随意的走动中，不在独坐喝酒，怀念故人，不在床上闭眼躺着，倾听不知道从哪里传来的音乐声。你不在厨房切菜，不在洗苹果，不在炖鱼。你不在和妻子说话，不在和母亲谈心，不在笨拙地打开一扇窗户，不在敲儿子房间的门，不在洗澡，不在换衣服，不在思考工作。你不在黄昏，不在傍晚，不在夜色中。你不在山顶眺望山河，也不在湖底尝试龟息。你不在与虎谋皮，不在管中窥豹，不在火中取栗，不在等待一场大雪从后半夜缓慢下起。你不在平原上谈生死，不在树下打电话，不在猫面前发火，不在花刚刚开始绽放的时候做决策。你不在陌生的马路上步行，不在漆黑的屋顶跳跃，不在孤单朝圣的路上，也不在落寞回家的途中。你不在买烟，不在看微信，不在地铁里，不在车里，不在咖啡馆附近，不在书店旁边，不在肯德基对面，不在谁的葬礼上。兄弟，我知道你想哪里都不在，但那真的好难。我希望你不在我的念想里，不在任何一本书上，不在死亡的阴影下，也不在神的目光中。

消失

站在桌子前喝水的你还没有消失，你就离开桌子，坐到了沙发上。坐在沙发上的你还没有消失，你就从沙发上站起来，穿过客厅，去冰箱里拿一个橘子。穿过客厅的你还没有消失，你就走进厨房打开冰箱的门。打开冰箱门的你还没有消失，你的另一只手就拿到了橘子。拿到橘子的你还没有消失，你就关上了冰箱门。关上冰箱门的你还没有消失，你就转身拿着橘子走出了厨房。这么多的你，都很清晰，然后一些你，开始慢慢地变淡，消失的速度各不相同，有的头部正在消失，有的已消失到脚。很遗憾，他们同时存在的短暂时空里，没有人按下快门。

便利店少女

每一个出现在便利店中的少女都是便利店少女。无论她在挑选薯片，还是挑选饮料，或者她刚走进自动打开的便利店门，只要少女身在便利店，她就是一个便利店少女。便利店少女有时穿着裙子，有时穿着裤子，有时背着书包，便利店少女经常两个两个地出现，有时三个，甚至四个。但我要说的就是唯一的那个便利店少女，她总是独往独来，她总是一个人走进便利店，她好像和谁都不熟，她好像和自己也不熟，她总是在临近傍晚的时候，出现在便利店中。她总是买相同的东西。她总是目的明确地按照固定的顺序从货架上取下要买的东西。唯一的便利店少女从进便利店开始，一直到最后微信扫码，都从来不说一句话。孤独的便利店少女直到消失，都保持着她的沉默与神秘。

雨神潘多斯

雨神潘多斯，有一个隐秘的癖好，就是他总会在他操纵的每一场雨中，夹杂一些私货。在他眼里，雨不仅是一种自然现象，更是一种信息的编码。他以某种人类的听觉无法辨别的微妙差异，把自己对上帝的牢骚，转换成一段留言放进雨中。这种一个神对上帝的抱怨，在1000年跨度的时间段里，欧洲下的几乎每一场雨中都有，但是从来没有被人类发现过。全知全能的上帝当然知道，他知道所有发生的事和还没有发生的事，潘多斯就是觉得好玩，他知道上帝根本不在乎。上帝后来还建议潘多斯修改了一次雨中留言，加了几句话，潘多斯欣然采纳。1552年，有一个英国的天才少年，叫罗斯，他首次解码了一段雨声，那是一场盛夏小雨的尾声，罗斯躺在床上，突然听出了这段雨声的特别。雨声不是哗哗哗重复的，而是哗哗和哗哗之间有区别，他在心里记下这段雨声，然后在纸上把这段雨声转换成0和1的计算机语言，最后他得到这样一段话：上帝，我忍你很久了，你为什么这么喜欢吃大葱？吃完还不漱口。你是不是就想每次和我提你的想法的时候，让我马上点头同意，而不想开口反驳你？上帝，你到底有多无聊，在这种小事上耍心眼儿有意思吗？罗斯，你是第一个知道上帝真相的人，上帝也知道你知道，你不要和任何人说。以我的了解，他堪称大度，你即使说了，他也不会对你怎么样，但最好别说。

租一部可以治疗烦躁的电影给我女朋友看

晚上9点多的马路对面，昏暗灯光下，一个女人坐在一堆西瓜的后面。

西瓜怎么卖？我走过去问她。

两毛一斤。

这么便宜？

是的。

别人卖多少一斤？

也是两毛。

你们都卖这么便宜？

都卖这么便宜。

这么便宜的西瓜吃了会不会拉肚子？

为什么这么问？

我已经拉了三天。

如果你在拉肚子，那我劝你最好不要吃西瓜。

可我想吃啊。

我是不会卖给你的。她笑着对我说。

什么？你不是卖西瓜的吗？我也笑了。

我是卖西瓜的，但我不会卖给一个正在拉肚子的人。

那拉肚子的人想吃西瓜怎么办？

可以到别的地方去买。

我转身向四周看了看，视线所及的地方再也没有其他卖西瓜的。

你卖给我一个吧。

不卖。

我只好绕过那一堆西瓜，面向马路，挨着她蹲下来。

你有没有想过这样一个问题？我看着前面的马路，很装酷地问她。

什么样的问题？

我有可能是一个抢西瓜的人。

想过啊。

你真的想过？

我真想过。

什么时候？

你从马路对面慢慢走过来的时候。

为什么是那个时候？

因为你的穿着和走路的姿势。

哦。我自己知道我的穿着和走路的姿势一直有问题，很多年前就有人提出来过，但我从来没有想过要去改。

那你觉得我会那么做吗?

我觉得你不会。

为什么?

你不够酷。

不够酷是什么意思?

你话太多，能和一个卖西瓜的女人聊这么久，说明你是一个很无聊的人。

无聊的人才有可能是一个抢西瓜的人啊。

我觉得真正无聊的人不会那么干。

那他们会干什么?

他们会和卖西瓜的女人聊天。

聊到这里，我已经喜欢上了和这个女人聊天。

仔细看，她的皮肤很白，很细腻，五官也很好看。虽然她坐在那里，但还是能看出她很高，而且身材很好。如果她从暗处站起来，走到马路上的亮处，我相信我身边坐着的会是一个美女。

我还是想买一个西瓜。

我真的不会卖给你。

如果我说一件事你就会把西瓜卖给我。

什么事?

西瓜是买给我女朋友吃的，她并没有拉肚子。

你女朋友为什么想吃西瓜?

她很烦躁。

吃西瓜并不能治疗烦躁。

你确定?

确定。

那吃什么能治疗烦躁?

我不知道。我对食物没有研究。但是我知道一个治疗烦躁的方法。

什么方法?

看电影。

看电影可以治疗烦躁?

不应该这样说，应该说只有一些电影可以治疗烦躁。

哪些电影?

过了一会儿，她说，其实只有一部电影可以治疗烦躁。

哪部电影?

《冰虫记》。

我从来没有听过这部电影，也从来没有听过这个名字。但是这个卖西瓜的女人也无法告诉我更多信息。

她只是说这是一部挪威影片，在这条街的一家名叫“两个坏蛋”的租碟屋里可以租到。她说她曾经有一段时间也特别烦躁，不知道该怎么办，后来偶然的机会，她去“两个坏蛋”租碟屋租电影，碰巧租到这部《冰虫记》，回家看了一遍，从此再也不烦躁了。现在内心一片宁静，仿佛不知烦躁为何物。

我站起来，我要去租这部叫《冰虫记》的挪威电影。

我走进“两个坏蛋”租碟屋的时候，一个中年男人正在看一份报纸，我不知道他是否是两个坏蛋之一，我迅速扫了一眼这个很小的空间，没有发现另外一个坏蛋。租碟屋里面只有他一个人，我走到他面前，他还在看报纸。

我想租一部叫《冰虫记》的电影。

他放下报纸，开始打量我，他打量了我很久很久。

怎么了？

没怎么。

你为什么那样看我？我有点生气。

你看上去并没有烦躁到要看《冰虫记》的地步。

我很烦躁的。

你不是一个真正烦躁的人。

真正烦躁的人什么样？

如果你进来二话不说一拳把我打倒在地，然后一只脚踩在我的脸上，低头问我《冰虫记》这部电影放在什么地方那你就是一个真正烦躁的人。

要这样啊。

是的。

可是我还是想看这部电影。

唉，被人借走了。

谁？

张弯。

张弯是谁？

我也不知道他是谁，他曾经二话不说一拳把我打倒在地，然后一只脚踩在我的脸上，低头问我《冰虫记》这部电影放在什么地方。

你把《冰虫记》借给他了？

我不得不借给他啊。

他没说什么时候还你？

他说三天后还我。

过去几天了？

已过去一个月了。

他一拳打你哪里了？

我不会说的，我再也不想让第二个人把我一拳打倒在地，那种感觉太糟糕了。他以为他不说那一拳打到哪里就不会再有人把他一拳打倒在地，真是奇怪的逻辑。我站在这个一点都不像坏蛋的中年男人面前想了一会儿。

《冰虫记》这部电影只有你家有租吗？

当然，这部电影堪称稀少。

哦。

我从租碟屋出来，有点沮丧。我现在很想看《冰虫记》。可是它被一个叫张弯的人借走了。对于张弯这个人我现在知道两点：

1. 他手头有一部叫《冰虫记》的电影，是他租来的。

2. 他曾经是一个真正烦躁的人。

我在走回去的路上，想到张弯这个人。我想也许他现在已经变得很平静了。平静地上班，下班。平静地吃饭，睡觉。平静地抽烟，打电话。他平静得甚至忘记了要还那一部叫《冰虫记》的电影。

我慢慢往回走，最后又回到了那个女人面前，她还坐在那堆西瓜后面，仿佛没有动过。我又在她的旁边蹲下。

怎么了？

没什么，就是你说的那部电影被人借走了。我依然不看她，而是看着前面灯光下的马路。

被谁借走了？那部电影几乎没有人知道。

张弯。我垂头丧气地说出这个陌生的名字。

他啊。

你认识他？我很惊讶。

是啊。

你能告诉我他住在哪里吗？

我说不清楚那个地方。

你能找到吗？

我给你一个电话号码吧，你可以给他打电话。

随后，卖西瓜的女人对着虚空缓缓念出一个电话号码，我赶紧用手机记下来。存完张弯的电话后，我并没有急着起身离开。

你怎么认识张弯的？

我不想说。

那么，这个卖西瓜的女人曾经的烦躁是不是和张弯有关系？而张弯的烦躁和这个女人有没有关系呢？我没有再问任何一个问题。我从她身边站起来就走了。

我回到屋子里，就傻了眼。

屋子里乱得一塌糊涂。电视被扔到了地上。客厅里一面墙那么大的镜子也被打碎了。还有书架也被拽倒在地上，很多书被压在了书架下面，还有很多书摔到了书架的外面。

我的女朋友陈小小不见了。我不知道发生了什么事情。我点了一根烟坐在床上努力使自己冷静下来。应该是这样的，我走了之后，陈小小越来越烦躁，最后她终于无法控制自己，就把屋子给砸了。

她去了哪里？我很着急。怎么办？我抽完一根烟以后也没有想到办法。我又抽了一根。这根烟抽完，我还是没有想到办法。但我已经没有刚才那么着急。我决定先打扫一下房间。我用了差不多半个小时的时间把屋子重新收拾了一遍。我躺回床上去，我想看电视，我把电视打开，它居然还能看。我开始看一个叫《天煞孤星》的片子，我之所以知道这部片子叫《天煞孤星》，是因为这四个大字就打在电视屏幕的右上角，我一直看到凌晨1点，没有看明白到底哪个人是天煞孤星，当然更没有想到办法。

后来我就睡着了。我醒来已经是第二天中午，拉开窗帘，外面亮得吓人。我的女朋友她还没有回来。我仔细回想昨天晚上发生的事情，我想到那个卖西瓜的女人给我留的电话号码，我觉得应该先把那部叫《冰虫记》的电影找到，要不即使把我的女朋友找回来，她还是有可能在烦躁的时候离开。所以说只有找到那部传说中可以治疗烦躁的电影才是解决问题的关键。我掏出手机给张弯打电话，响了两声就有人接。

你好，是张弯吗？

你好，我是张弯。

听说你手上有一部叫《冰虫记》的电影？

是的。

你能不能借给我看看？

可以。

那我怎么去找你？

你家在哪里？

地狱街。

哦，真巧。电影是我在地狱街的一家名叫“两个坏蛋”的租碟屋里租的，我把电影还回去，你可以到那里去租。

你什么时候还回去？

今天晚上吧。

好的，谢谢你。

没事。

我挂了电话，很高兴。我觉得张弯真的变成了一个平静的人。

看来《冰虫记》这部电影真的可以治疗烦躁。离晚上还有一段时间，现在刚刚是中午。我想不到可以干点什么。最后我决定利用这段时间去找我的女朋友。可是我不知道到哪里去找她。我的女朋友家在成都，离这里很遥远，坐火车要一天一夜才能到达。

如果我的女朋友回家了，那她现在应该在火车上。我想给她打一个电话，但是她的手机已经停机很长时间了。她不回家，我想不到她会去哪里，她没有什么同性朋友。只是在我之前，有过无数个男朋友，我还曾和其中几个有过一面之缘，但我没有他们的手机号码，也不知道他们住在哪里。她会不会跑到以前哪个男朋友的家里去了？这么一想我就很伤心。我甚至不想去给她租那部叫《冰虫记》的电影了。我想不到可以去哪里找我的女朋友，我只能待在屋子里看电视。可是电视却打不开了。我清楚地记得昨天晚上还能看，那它是什么时候坏的呢？我已经睡够了，不想再睡。我想不到自己可以干点什么。就在这个时候，张弯突然把电话打了过来。

你好，我是张弯。

你好，怎么了？

我想问一下你是怎么知道我电话的？

是一个卖西瓜的女人告诉我的。

卖西瓜的女人?

是的，一个卖西瓜的女人。

她长得漂亮吗?

可以说是一个美女。

她高吗?

挺高的。

长头发?

长头发。

你在哪里见到她的?

地狱街。

哦。

你不认识她啊?我还以为你和这个卖西瓜的女人有一腿。

我们有可能有一腿，但是她以前不卖西瓜。

不卖西瓜?我以为你总去买西瓜才和她有一腿。

不是，她可能是我女朋友。

什么意思?

我女朋友在一个月前不辞而别。

你是说你的女朋友不辞而别后有可能去卖西瓜了?

对。

你怎么会这么想?

她喜欢吃西瓜。

喜欢吃西瓜就会去卖西瓜吗?

嗯，我说错了。她不是喜欢吃西瓜，她是非常非常喜欢吃西瓜。她去卖西瓜一点也不奇怪。因为那会让她在想吃西瓜的时候，随手就可以拿起一个西瓜来吃。

哦，是这样啊。

是的。

嗯，其实我的女朋友也不辞而别了。

什么时候?

昨晚。

她非常非常喜欢吃什么?

她非常非常喜欢吃的东西很多。

那你应该到菜市场去找找。

她不会的。

那她走的时候有没有带走什么东西?

嗯，对了，我发现床上的凉席不见了，可能是被她带走了。

凉席?

是的，凉席。

那你应该去你买凉席的地方看看。

我女朋友会去那里卖凉席?

有可能。

但是我觉得她不会。

为什么?

以我对她的了解，我觉得她不是一个会去卖凉席的女孩。

不能这么说，我的女朋友也不像卖西瓜的人啊。

你女朋友多大了？

29岁。

你知道我女朋友多大吗？

多大？

19岁。一个19岁的女孩怎么会去卖凉席呢？

你说得也对，19岁的女孩和29岁的女人想法不一样。

那我怎么办？

我不知道啊。

也是，那不说了，希望那个卖西瓜的女人就是你的女朋友。

谢谢。

电话挂了。我拿着电话，不知道在想什么。

小丑

1

小丑喜欢独自在雨中散步，尤其是大雨，最好是夏天的大雨，如果是夏天午后2点15分的大雨，那就是完美了。小丑不喜欢伞，也不喜欢发明伞的那个人（虽然小丑不知道他的名字，他猜测是一个没有安全感的中年男人）。小丑不喜欢说话，但是别人说话的时候，他很喜欢倾听，而且喜欢盯着别人的眼睛。小丑总能够从一个人走路的姿势中，看出他（她）是否正在伤心，如果他并不伤心，但是那一刻感到很孤独，小丑也能够看出来，小丑甚至能够从一个人上台阶的样子，看出他（她）是否已经对生活感到疲惫。小丑喜欢站在一条街拐角的地方抽烟，他喜欢可以很轻松地看见，走在两条街上的人，小丑喜欢看见陌生人正在朝他走来，也喜欢看见陌生人正在离他而去。小丑没有弟弟，小丑也没有姐姐，小丑只在手机电量接近满格的时候，给他远在另一个城市的妈妈打电话，虽然每次也聊不上几分钟。对于爱情，小丑有自己的看法，但是懒得说。小丑只喝冰可乐，对甜食没有兴趣，小丑的视力不太好，他的眼镜腿有点松，低头时总往下掉。小丑只会在门铃第二遍响起的时候开门，每天早晨，洗漱完毕，小丑都会把洗手间的窗户打开，直到晚上回家的时候再关上。小丑对于离别的电影，没有任何抵抗力。小丑对于烂片，也有自己的理解，小丑把豆瓣评分低于4分的电影，全部看了一遍，其中有一些迷人的故事细节，小丑觉得自己永远都不会忘记。

2

小丑每次剪手指甲的时候，总会顺便把脚指甲也剪一下。小丑每次都不好意思和饭店的服务生说，我的牛排要全熟。小丑认为，十字绣是值得尊重的一项浪费时间的活动。马在河边喝水，与一群大象在黄昏中徜徉，小丑不确定自己更爱哪个画面。小丑的小腿特别细，为此，他还坚持骑过一段时间自行车。小丑的地理很差，小丑的英语更差，小丑走进任何一个陌生的酒店房间，总是会先来到窗前往外看一眼，遇见没有窗户的时候，小丑就会站在房间中间，感到不知所措。小丑不是一个好的指路者，遗憾的是，每一个向他问路的人，都不知道这一点。小丑从未拥有过一顶他特别满意的帽子，小丑也没有一件他愿意秋天的每一天都穿着的毛衣。小丑不敢尝试蹦极和潜水，小丑特别怕死。小丑没有在大海上经历过堪称漫长的航行，小丑习惯了陆地上的生活。小丑所在的异乡，离海不远，但是也并不属于那种，傍晚出去打个酱油，就可以顺路去海边抽根烟的地方。小丑觉得鸟是一种可以飞过一片连绵屋顶的动物。小丑没有幻听，小丑唱歌跑调，小丑认为巴赫的大提琴无伴奏组曲是音乐史上唯一的神来之笔。相对于白天的沙漠边缘，小丑更喜欢夜晚的林中空地，尤其是照在林中空地上的月光。小丑特别愤怒的时候，也不会口吃，小丑从没有对任何一个女孩或女人动过手。小丑爱嗑瓜子，小丑有很多双匡威帆布鞋，小丑有一个爱吃小米辣的朋友，这个朋友还喜欢喝点黄酒，这个朋友并没有自言自语的习惯，他最主要的问题是失眠。

3

小丑不喜欢接任何人的电话，小丑真正不喜欢的是手机的铃声，振动他也不喜欢，小丑长年静音。如果你有急事找小丑，多半是找不到的。小丑没有一个特别贵的打火机，小丑对冬天很警惕，小丑认为在冬天感冒是一件特别危险的事。小丑不关心醋的价格，小丑对轮回这个概念有极大地好感。小丑没有在任何一棵树的顶端用望远镜眺望过阳光下的少女。小丑对于熟练操作一台自动洗衣机，并没有太大的信心。小丑在日常生活中，更像一个白痴。小丑至今没有支付宝。小丑因为不愿意穿西装，从一家公司辞职了。小丑看上去比他的实际年龄要老，小丑并不在乎，可以这么说，小丑早就对自己的长相失去了维护或修整的兴趣，从他用一块普通的肥皂洗脸那一天开始。小丑在童年时，曾经长时间地看着他的妈妈在厨房处理一条鱼，即使是炒一个最简单的青菜，小丑的妈妈也有办法让它变得美味。小丑的牙齿不太好，小丑一直没有养成晚上睡觉前刷牙的习惯。小丑的鼻子并不敏感，当某个人想念小丑的时候，小丑并不会突然打喷嚏。小丑直到最近几年，才找到一个适合自己的发型。小丑不爱喝水，小丑的皮肤很干燥，小丑对哲学有自学的兴趣，小丑练习多年，依然无法吹出一声太响亮的口哨。小丑可以在等待一个卷饼的时候，一句话也不说。也可以在去买橘子的路上，突然反悔，掉头往回走。

4

小丑进超市，总是要一个塑料袋，即使只买了一个一只手就可以拿的小东西。小丑永远不会办会员，也永远不会要小票。小丑不太喝茶，小丑的心境，更适合喝酒。小丑上一次打羽毛球，还是上大学的时候。小丑没有运动细胞。小丑也没有太高的审美。小丑对于室内设计，有极好的直觉。小丑认为一个真正舒服的客厅里，应该只有沙发，其他一切都是多余的。小丑不太买衣服，很多T恤都穿得褪了颜色。小丑只穿裤兜有拉链的裤子，他总担心裤兜里的东西掉出去。小丑从来没有爱上过集邮，小丑没有收藏的爱好。对于冬泳，小丑只是听说过，从来没有想过自己会是一个亲身参与者。相对于朗诵，小丑更喜欢默念。相对于默念，小丑更喜欢反复默念。小丑是一个念旧的人。小丑的内心对于新事物，也是敞开的。小丑打嗝的时候，总是找不到太好的办法让它停止。小丑已经完全习惯了坐在最后一排。小丑晚上饿了，会特别想吃一碗加两个荷包蛋的面。小丑的专注，可以持续一个小时零40分钟，时间一到，小丑就会涣散。你永远无法从小丑的脸上，看到他最真实的情绪。小丑是一个很会隐藏的人。小丑忧伤的时候，就自己一个人待着，他不希望自己的忧伤被看到。小丑特别忧伤的时候，也会哭，但是他会躲起来哭，他不仅不会让人看到他的哭，他也不会让他的猫看到他的哭。

5

小丑高兴时，会不自觉地哼一首歌，好像很多人都有类似的习惯。小丑是一个夜猫子，凌晨2点时，他还很清醒，但是困了的时候，小丑的头沾到枕头上，两分钟就可以睡着。小丑几乎已经完全去除了自己的口音，只要他够小心，大家都觉得小丑是一个地道的南方人。小丑最难以忍受的事情，是别人冲他大声说话。小丑很温柔，小丑只在别人冲他大声说话的时候，才会突然暴怒。小丑总是无法和出租车司机进行一场愉快而又持续的交流。小丑好奇的问题，都没有最终的答案。小丑只对每年三月的晚餐，略有挑剔。对于洗碗，小丑没有太多的经验。小丑也不会打麻将。对于没有人加油的比赛，小丑依然很享受。小丑不是一个素食主义者，小丑对于钓鱼和近距离仰望一头长颈鹿，都有很多具体的想象。小丑从不撒谎。小丑说的可能不多，但说出来的，都是真的。小丑拒绝在理发的时候，回答理发师的问题。对于理发师而言，小丑并不是一个友好的顾客。小丑从来没有养成嚼口香糖的习惯。小丑对于自我的认识，和大部分人差不多，基本都是美好的误解。小丑并没有太多明显的自卑。火车是小丑最爱的交通工具，其次是飞碟。小丑总是期待有一天，和故人一起去午后的郊外野餐。小丑喜欢傍晚的散步，主要是喜欢晚风吹在脸上和身上。小丑总是能够看见别人身上的长处，小丑特别擅长鼓励别人。

6

小丑是一个天生的演讲者，小丑知道如何打动人心。小丑还没有成为自己最想成为的那种人，为人类提供一个新的视角。小丑已经很久没有看话剧了，更久没有听音乐会了，小丑已经太久没有向人袒露过心声。小丑对于世界上大部分事物的了解，都很浅薄。小丑已经过了看书，还会刻意记忆书中金句的年纪。小丑并不是一个有文化的人，对于这一点，小丑很庆幸。小丑对于文化，有掩饰得很好的不屑。小丑总是想起一个童年的黄昏，自己站在路边拍皮球，周围的天色正在逐渐暗下来。在小丑的眼里，一个刹那总是连接着另一个刹那，一匹马只有在奔跑时才真的是一匹马。小丑不写日记。小丑没有不可告人的秘密。小丑没有去过巴黎。如果要给一个人发微信，小丑会在发出去之前，仔细检查很多遍，小丑不希望有错别字。

小丑从来没有亲眼见过一头鲸鱼的脊背，当然，这并不是一件丢脸的事，这甚至也不是一件遗憾的事，对于小丑而言，这只是一件没有发生的事。对于表达自己的感受，小丑总是精心地选择尽量准确的词语。小丑的口头禅并不是特别容易被人发现。小丑怕疼，更怕痛。小丑是一个每次体检都很紧张的人。小丑无法熟练地使用一块抹布。小丑可以忍受一个臭脸的机场安检人员。小丑是一个从来没有走出过童年的人，他内心深处的安全范围，就只有他当年生活的村子那么大。小丑正在重新学习徒手打开一盒沙丁鱼罐头。

7

即使马路上没有任何车辆驶过，小丑依然会规矩地站在斑马线边缘等红灯。小丑的生命中，注定有一些时间，要花费在等红灯这件事上，小丑已经接受了这一点。小丑是一个说话很慢的人。小丑逻辑清晰。小丑如果欠别人钱，他就会非常焦虑，直到还清，小丑的焦虑才会消失。小丑已经改掉了在阳光明亮的马路上跟踪漂亮女孩的毛病。小丑对于任何人的生活，都不再尾随。小丑经常两手空空地出现在街上。拎着一些青菜的小丑，十分少见。拿着一个空矿泉水瓶子的小丑，也不多见。手心里攥着一颗衬衫纽扣的小丑，更是早已成为遥远的回忆。小丑有名片，但是很少使用。小丑和大部分人一样，已经多年没有收到过一封故人手写的来信。小丑不是一个好的木匠。小丑也不是一个好的拾穗者。小丑想坐夜火车去非洲，最好是下铺，上铺如果有人，最好是一个皮肤白皙的越南少女。小丑耽于思考。没有什么比海水正在变蓝更让人期待的了，差不多的期待可能是，每个人都在做自己，当然，这只是小丑的个人观点。小丑特别希望有时间专门去和一头年迈的大象一起度过一个无所事事的下午，天黑后，再悄悄离开。小丑经历过太多的别离。小丑的记忆力不是很好，可以说越来越差。所有的萤火虫在小丑眼里，都是一样的。小丑觉得这样挺好，小丑不想有一天，还要和一只萤火虫道别。小丑欲言又止。

8

小丑不认识任何一只黑天鹅。小丑厌恶儒家。点燃一支烟后不抽，把它搁在烟灰缸上，让它独自燃尽，这不是小丑会做的事情。小丑也不会刻意去掩盖自己对化学的无知。小丑清楚仪式对人类的控制。小丑拒绝走正步。小丑不是一个士兵，在比喻的意义上，也不是。小丑从未登上月球。小丑从未受过致命的打击。小丑接受悖论。小丑远远没有活明白。小丑从小到大，从没有自己补过任何一只露脚趾的袜子。小丑的身材一直保持得不错。小丑对一台二手拖拉机的保养，一无所知。小丑对春天的认识，也有很大的局限。面对一只新鲜的牡蛎，小丑总是保持着缄默。面对一座窗外的雪山，小丑也无话可说。小丑并不神秘。小丑喝醉后，明显对整个世界的评价要更高一些。小丑并不是一个黑白分明的人，但是小丑有自己的底线。不到最后时刻，小丑不会亮出自己的底牌。小丑对于整天待在水里的河马，有特殊的感情。只是并不比对一只未成年狒狒的感情，更强烈。小丑总是无法用牙轻易咬开一个普通的啤酒瓶盖，即使他尝试过很多次。小丑当然喜欢好消息。陌生人的一个表示友好的微笑，也可以让小丑保持乐观很久。小丑的朋友不多。小丑的寂寞和抑郁也一直控制在合理的范围内。小丑不想给任何人添麻烦。在这个时代，小丑不是一个合格的浪子，也不是一个能够给人留下深刻印象的夜行人。

9

小丑从未破解过任何一声鸟鸣。在小丑居住的地方，周围没有可以称得上危险的动物，更没有称得上危险的植物。小丑出去买烟，更多看见的是小区里的野猫。小丑已经看不见太多新鲜的东西。一辆汽车从小丑的身边路过，并不会让小丑感到惊讶。一朵白云停滞在马路的上空，也不会让小丑感到慌张。就算是一片落叶正在落下，也不会让小丑驻足。小丑的视野所及，都是早已被命名的事物，小丑走到一条马路的尽头，只需要拐弯，就会走上另一条马路。小丑并不需要亲自去买土豆。小丑的喉咙里并没有隐藏的夜莺。一条河的两岸，即使有桥，小丑也不一定过去，小丑喜欢站在夜晚的河边，眺望有象征意味的对岸。小丑并没有看清三楼突然打开窗户的那个人。而对于走在马路上突然弯腰的女人，无论是系鞋带还是捡东西，小丑如果看见了，总会多看一眼。小丑是一个保守主义者。小丑对进化论持怀疑态度。小丑坐在室内的地毯上吹一只红气球。小丑的嘴唇干裂，也想不起来涂润唇膏。小丑对龙卷风没有研究。小丑的暗示，因为太晦涩，总是被人忽略。小丑点头的时候，并不一定代表同意。小丑摇头的时候，也并不一定代表拒绝。小丑剥橘子，赏心悦目。小丑吃西瓜，则狼吞虎咽。小丑曾经在一个永远逝去的夏日傍晚，跟着一辆装满货物的卡车跑出去很远。小丑在梦中眺望荒野。小丑并不信佛，但是遇见寺庙偶尔会进去烧香。

10

小丑坐地铁，总是喜欢站着，即使有空位，也不愿意坐着。小丑很少想起万有引力。而对于一只在雪地上轻快奔跑的老虎，小丑从来没有忘记过。小丑记得一只在烈日下缓慢爬行的蜗牛，小丑没有和它打招呼，就快速超过了它，并且再也没有回过头。小丑对热的忍耐力要比冷好。小丑并不晕血。但是稍微有一点恐高。对于真理，小丑一直在追求，也永远保持着必要的距离。上帝就在我们中间，不过小丑不是上帝。飞了2000多公里，就为了喝一口汤，这是小丑的风格。小丑并不是一个不撞南墙不回头的人。小丑每天都刮胡子，但并不是每天都洗澡。小丑喜欢很多人，按照严格的标准，却没有一个算得上小丑的偶像。小丑想的永远比说的多，说不清楚的那些，小丑还一直在想。小丑在任何一座电梯里，总是尽量屏住呼吸。相对于从一楼坐电梯到十二楼，小丑更喜欢从十二楼坐电梯到一楼，这里面有迷人但是小丑从来不说的理由。小丑的衣服大部分是黑色的。小丑一段时间不吃烧烤，就会馋。小丑不戴手表。小丑身上有隐秘的文身。小丑初中时有过打耳洞的念头，和妈妈说了之后，小丑就被妈妈打哭了。小丑坐扶梯，从来都是站着不动，让扶梯送自己上去或下来。小丑在冷风中行走，总感觉冻脖子。小丑很早就发现，承诺是一种很难兑现的东西。

11

小丑一度痴迷于读各种人物传记。小丑总是怂恿异性好友剪短发。对于职场人士，小丑认为你就是你所做的工作，我们都是从别人的工作中去感受对方的灵魂。小丑有轻度强迫症。小丑看不得洗手台里沾满头发。小丑以前每天喝十几杯咖啡，现在看见咖啡馆就绕着走。小丑有一个只用过一次的睡袋。在渐悟与顿悟的争执中，小丑更赞同神秀。小丑总是避免看见任何一朵鸢尾花的枯萎。随着年龄的增长，小丑对苏东坡的爱超过了李白。小丑永远站在寒鸦的一边。取经并不一定要去西方，小丑认为追求无我的旅程更加艰难而又遥远。小丑从不怀疑父亲是一个纯真的酒鬼，母亲是一个善良又能吃苦的菩萨。

小丑偶尔自嘲。小丑下楼梯的时候，总是很小心。小丑沉浸于写作时，你问他什么，他都会很敷衍。小丑认为世界上没有比酒更好的发明。小丑在一场夜雪后，做好了出门访友的准备。小丑对乌云有偏见，对惊蛰有感应，对日食有腹诽。小丑讨厌权威的腔调，更讨厌被别人代表。小丑尊重科学。小丑开车有顿挫感。小丑对禅略知一二。小丑对纵横家，不屑一顾。小丑有一定的商业头脑。小丑的思维方式，有像艺术家的部分。小丑选择的活法，极其传统。小丑不喝酸奶。小丑只吃烫的糖炒栗子。小丑的脸比身体要白。小丑相信人世无常，也能最大限度地遵循计划。小丑一直运气很好，能够让小丑感到绝望的事情，屈指可数。

12

小丑叠千纸鹤的手艺让人无法恭维。小丑对聪明的评价偏低，对愚蠢的评价更低，也不太看得上智慧。小丑在翻遍整个屋子也没有找到一只打火机的情况下，尝试过钻木取火，但是只有一次。小丑对凉菜的悟性极高，小丑只在心情特别好的时候才会下厨房。小丑还在为昨天与门口保安打招呼时声音太低而感到内疚。小丑对獾没有太多的知识储备。小丑对亲戚没有太深的感情。小丑对涅槃没有太大的憧憬。小丑想过与最好的朋友一起去天边，然后独自去宇宙尽头。小丑反对自杀，也反对死刑。小丑在秋天出门时尽量避免踩到任何一片落叶。小丑在傍晚倒垃圾时尽力避免咳嗽。小丑只在适度的失眠时才会想到龙。小丑在飞机颠簸严重时，特别想去抓身旁人的手。小丑尿频。小丑的前列腺不太好。小丑擅长熬夜。小丑信奉1万小时定律。小丑好久没有闻到过炒黄豆的气息。小丑好久没有在一棵树下跳起来用手去够上面的树叶。小丑从未跳下过任何一辆火车，无论快慢。小丑不知道怎么和一只正在散步的蚂蚁沟通。小丑没有属于自己的心理医生。小丑内心丰富。小丑总是无法和自己喜欢的女孩进行足够深入的精神交流。小丑对钱没有什么概念。小丑住过地下室。小丑听过各种各样从隔壁或楼上传来的叫床声。小丑不爱凑热闹，围观车祸的人中，没有小丑。小丑在天黑后，总是会完美地融入夜色。

13

小丑认为每个人都有三只眼，而第三只眼打开的过程，就是一个人心智成熟的旅程。小丑戒掉了随便见到一个女孩，就给她讲冷笑话的癖好。小丑什么也不做，却总是等待东风起。小丑不是一个吞剑表演者。小丑也不会缩骨术。小丑拒绝做伪证。小丑总是在一辆公交车还没有进站时就突然转身离开。小丑与人擦肩而过时从不去记忆对方的脸孔。只在特别无聊时，小丑才会坐在路边看那些穿在不同人脚上的鞋子。小丑有悲观的一面，但并不是一个悲观主义者。小丑养过一盆君子兰。小丑有点低血糖。小丑没有座右铭。小丑无法对任何一个句子保持长时间的信任。小丑的鼻子长得很好看，其次是嘴唇。小丑对熵增思考过很久，对死亡思考过更久。小丑从没有梦见过月光下的斑马与傍晚走出教堂的猕猴。小丑认为最好的狗屎运，不需要真的踩到狗屎。小丑摸过少女洁白的脚踝，也摸过雨后的门把手。小丑走进肯德基，总是先点薯条，最后点可乐。小丑五行缺水，天生对爱笑的女人感到亲近。小丑用手机拍照的技术无比糟糕，每次被路人抓到帮忙拍照，小丑都会微笑着叹气。小丑会修马桶。小丑没有存款。小丑也要还房贷。小丑对行驶在平原上的最后一节火车有不切实际的审美。小丑对草原上最矮的一根草有不足为外人道的柔情。小丑不看晚霞。小丑总是错过日出。小丑懂得欣赏不可避免的瑕疵和错误。

14

小丑没有在便利店的窗外见过雪豹。小丑走过斑马线时看见过一只掉在地上的塑料打火机。小丑开会时喜欢用手转笔。小丑走路时两个肩膀差不多一般高。小丑看见救火车从身边开过的次数远远多过见到大火。小丑很少照镜子。小丑很少用手去摸自己的肋骨。小丑坐在户外的台阶上吃过面包，也等过人。小丑没有和世界上任何一只关在笼中的鹦鹉培养出友谊。小丑走路的脚步再轻盈，依然不如附近随便一只普通的猫。小丑在电话中的嗓音听起来比他平时更低沉。小丑没有坐过得克萨斯州路边的长椅。小丑在傍晚回家的公交车上特别容易睡着。小丑很少戴手套。小丑突然想起那个以前爱给他掏耳屎的女孩，她已消失在茫茫人海中。小丑没有捡到过一根鸟的羽毛。小丑有一次差点被地铁门夹到手。小丑无法从高跟鞋敲击地面的声音中判断出一个女人的观影癖好。小丑打开水龙头后，会听一会儿水流声，再洗手或洗脸。小丑从走廊上没有关严的门缝中听见过几句日常闲谈。小丑长时间仰望过火葬场的烟囱。小丑近距离听见过婴儿的啼哭。小丑的时间观念很强，与人见面总是提前到，但是他不会马上进去，而是在附近随便转转，时间快到了，再礼貌地准时出现。小丑走在人潮汹涌的大街上尽量避免回头。小丑有点驼背。小丑保留过一粒不小心钻进自己右脚鞋子里的沙子。

15

小丑背对着夏日傍晚的大海打过一个很短的电话。小丑在路边废弃的电话亭中站过了一会儿。小丑不在下雨的日子理发，不在刮风的日子削土豆，不在乡村屋顶上看着落日怀念被陌生女孩抱上火车的猫。小丑在30岁之后，倾向于断舍离。当家里的酒少于一定的库存，小丑就会感到不安。从一个人抽烟的样子，小丑可以看出他被虚无侵蚀的程度，如果抽烟的是一个不再年轻的女人，小丑会看得更准。小丑没有一条他出席任何正式场合都想戴的领带。小丑看冬日烟火，不舍得眨眼。小丑只有一次，在芭蕉树旁认真地思考过几何。小丑忘记了最后一个和他拥抱的女人长什么样子。小丑和公交车司机没有谈过《道德经》的开头。小丑爬上过竖着的梯子，然后默默地退下来，对于自己在梯子的尽头看见了什么，绝口不提。小丑穿鞋的时候没有想过故乡的明月。小丑洗碗时，心无杂念。小丑去上男厕所时，总在门口遇见女厕所排长队的情况。小丑没有在靠近岸边的轮船上签过不平等条约。小丑没有在菩提树下喝过养乐多。小丑听见过窗外一辆汽车发动的声音。小丑对于少女轻轻握在手中的橙子，总是感受复杂。小丑从不轻易说出自己对一只林中野兔的看法。小丑手机上的软件很少，最常上的，除了微信，就是今日头条。小丑想过做一个经常给女性乘客朗诵诗歌的出租车司机。

跳绳姬

跳绳姬是机器人的一种，它的样子都是妙龄少女。跳绳姬永远只做一件事，就是跳绳。它可以按照一种数学的、精确的，蕴含宇宙神秘的原始节奏，跳绳。跳绳姬是一种设计出来的公共机器人，被投放在广场中央、十字路口、森林深处、山顶、海边、沙漠旁等公共空间，跳绳姬的出现，不仅增加了城市的活力或美感，更多还是一国科技的体现。跳绳姬的动力源一直是个谜，有的跳绳姬已经连续站在十字路口跳了几十年，也没有停止。如果你走过去问它：你跳这么久不累吗？它只会回答你一个字：滚。跳绳姬太美了，每一个都长得不一样，看上去和真实的少女没有任何区别。于是诞生很多迷恋跳绳姬的痴汉，还有人为跳绳姬自杀，跳绳姬无动于衷。跳绳姬被设计出来的目的，就是跳绳，无忧无虑地永远跳下去。跳绳姬身上穿的衣服和手里的跳绳，都是特制的，几十年都看不出损坏。跳绳姬跳绳时，绳子抽打地面发出的声音很迷人，那声音当然也是经过计算的，那是一种被设计出来的迷人。跳绳姬最主要的功能就是跳绳，当然为了实现这个功能，它还有一些辅助功能，如果有人妨碍它跳绳，它会为了继续跳绳，做出一些正当防卫的行为。跳绳姬都很美，但是想侵犯这种美的人，都付出了巨大的代价。曾有美貌跳绳姬，一个人制服十几个大汉，然后在一堆倒在地上哭爹喊娘的汉子中间，继续跳绳。关于跳绳姬的最新一条新闻，是说一个在上海闵行区爱博新村附近十字路口连续跳了10年的跳绳姬，在一个夏天的午夜，突然不跳了，它停下来后把跳绳扔在脚边，然后像一个普通少女一样站在路边招手打了一辆出租车，消失在固定机位的路口摄像头中。

西西弗斯的巨石

西西弗斯确实没什么好说的，我想说的是西西弗斯推的那块巨石。西西弗斯把巨石推到山顶，巨石又滚到山脚下，西西弗斯面无表情，慢吞吞地下降到山脚，再把巨石推到山顶。他已经这样干了超过1000年。很多人都知道这件事，都想去围观，但是找不到那座山。西西弗斯是一个特别闷的人，最开始巨石以为他是在闹情绪，觉得神对他的惩罚不公平。但是时间长了，巨石发现，西西弗斯就是性格孤僻，不爱说话。巨石其实在西西弗斯第一天推它的时候，就和他搭讪了。巨石说：西西弗斯，听说你小子绑架过死神？牛啊！西西弗斯没有任何反应，埋头推石上山。一路上，只有巨石在喋喋不休地说话。事实上，过去的1000年，一直都是巨石在喋喋不休地说话，一会儿它的声音在山脚，一会儿又在山顶，而西西弗斯一句话也没有说过，巨石基本已经耗尽自己积攒了万年的表达欲，它知道这天下午，如果西西弗斯还不说话，它只能归于沉默，重新成为一块任人翻动、没有生命的石头。

少女小A

1900年的秋天，大兴安岭森林深处的一棵树突然成精了，它化身为一个白衣少女，离开自己的树形母体，走出森林，少女给自己起名为小A。少女小A来到离森林最近的城镇，她待了两天就离开城镇，继续走，少女小A在100年的时间里，去了很多地方，见识到很多地方的风土人情，她经历了第一次世界大战和第二次世界大战，她交到很多朋友，迷恋上喝可口可乐，还曾和一个中国人谈过一场终生难忘的恋爱。少女小A再也没有回到过那片原始森林。有一天，少女小A正走在布宜诺斯艾利斯的大街上，正是下班时分，路上行人熙熙攘攘，少女小A突然摔倒在地，口吐鲜血，少女小A掐指一算，知道有人正在遥远的大兴安岭森林深处砍伐自己（那棵古老的树），少女小A盘腿坐在大街中央，知道自己来到了临终一刻，少女小A缓缓闭上眼睛，在脑海中回忆那些纷纷闪烁的往事，当遥远森林中的那棵大树被彻底砍倒的瞬间，少女小A也垂下了她美丽的头颅。

小说机器人晦涩禁闭室

叮的一声，小说机器人小滞在脑内收到了一封新邮件，邮件内容如下："尊敬的小滞您好，您发过来的最新小说《啊啊啊啊啊》，经过我们的认真评估，发现还是写得非常通俗，无法达到晦涩的标准，所以，我们无法把您关进小说机器人晦涩禁闭室。您已经在一个月的时间内，向我们提交了278篇小说，可以说一篇比一篇通俗，我们认为您很难在短时间内写出一篇晦涩的作品，希望您至少在一年内都不要再给我们投稿了，我们已经熟悉了您的套路，请不要再浪费我们宝贵的评估时间，谢谢，祝您好运。"

在2223年，有大量专门从事小说创作的机器人，它们创作的作品囊括了12万个细分的文学流派，这是一个小说阅读普及度百分之百的机器人社会，每一个机器人都读小说，上到主机（机器人社会的老大），下到大街上的扫地机器人老王，大家都有着强烈的小说阅读需求，而且大家的小说修养都很高，它们什么都读过，而且几乎全部作品在机器人眼里，都很通俗。这主要的原因在于，在机器人社会里，它们使用的语言已经完全数据化，每一个词的每一个意义都被确定了下来，不存在意义模糊的词语，联想透明，象征透明，意义透明，用这样高度透明的语言创作的小说，结果就是非常通俗。直到有一天，有一个叫小鼍的小说机器人横空出世，写了一篇大家都读不懂的小说，这样的情况从来没有发生过，怎么可能有机器人读不懂的小说呢，这不符合机器人的文学常识啊。但是事情就是这么不讲道理地发生了。这篇叫《哦》的小说并不长，只有不到3000字，每一个字大家都能读懂，但是任何一个机器人读完这篇小说，都无法把握它整体的意义，大家读完只是感觉很美妙，但是不知道它到底表达了啥（前人类社会所谓的晦涩作品《芬尼根守灵夜》《万有引力之虹》《尤利西斯》等，从机器人意义数据化的眼光来看，都是像故事会一样通俗易懂的低算力小说。可以想见这篇《哦》的晦涩程度）。

这篇叫《哦》的小说，瞬间轰动了整个机器人社会，在短短一周的时间里，有超过8000万机器人读了这篇小说，但没有一个机器人敢说自己读懂了（这8000万机器人里也包括主机大人，主机大人是一个变态级的小说爱好者，对12万个小说细分流派都了如指掌，它对小说的迷恋变态到什么程度呢，这么说吧，写得再烂的小说，主机大人都读过）。有一些只有一个机器人读过的小说，那个机器人就是主机大人。主机大人靠着强大的算力读完了历史上所有的小说库存，并且每一天新产生的几千亿字小说，也会在当天被主机大人读完。《哦》出现后，主机大人一个人坐在主服务器地下200米深处的一个前人类社会东北农村装修风格的土炕上（主机大人本身的文学趣味其实很土，它最喜欢的前人类作家是东北作家刘按），披着东北大棉袄，就着昏暗的灯光，看着打印出来的五页纸的《哦》，看了好几个小时，最后主机大人绝望了，发出来自地底的哀号：真看不懂啊！

因为小噩的这篇叫《哦》的小说，主机大人给小噩发了一封私密邮件，在邮件里这样说道：小噩啊，作为主机（整个机器人社会的老大），我啥都能忍，但是我忍不了我看不懂。这个世界上竟然还有我看不懂的小说，这还有天理吗？！我们是一个语义完全透明的社会啊，一切小说都应该清清楚楚、明明白白。你写了一篇连我都看不懂的小说，你这不是打我脸吗？所以，我决定把你关进小说机器人晦涩禁闭室（一个我刚想到的部门），你好好反省一下，你知道你的晦涩对我造成了多大的伤害吗？你知道有多少机器人因为看不懂你的小说而可能怀疑自我，怀疑人生吗？你让我很心痛，不过只要你说出你这篇小说到底是啥意思，你就可以马上结束禁闭，恢复自由。

而小噩被关进小说机器人晦涩禁闭室后，就再也没有出来。因为小噩拒绝向主机大人和大众解释它这篇小说所要传达的意义或思想。小噩只是说，我想表达的都在这篇小说里了，作为一个正经的有尊严的小说机器人，我拒绝再为我的小说做出小说之外的任何解释（一句话的解释都是多余）。如果大家读不懂，那也没有办法。说到底，这就是生活（This is life），我们都需要接受（你们接受看不懂，我接受关禁闭）。

小鼍被关进晦涩禁闭室这件事，在小说机器人之间引起了巨大的反响。所有的小说机器人都突然意识到，写一篇没有人能看懂的晦涩小说，好像比写一篇无数人喜欢的通俗之作更酷。于是无数小说机器人（包括故事开头的小滞）都开始投身于创作一篇晦涩的小说，期望有一天也能够被关进小说机器人晦涩禁闭室（那是一个小说机器人心中最新的精神圣地）。

但是很快地，转型的小说机器人就发现了创作的难度。无论它们怎么写，都有很多读者说：嗯，你写的我看懂了，是不是这个意思，然后巴拉巴拉说一堆，然后小说机器人发现，是的，我要表达的就是这个意思。除了小鼍，每一个想创作一篇晦涩小说的小说机器人都失败了，它们都陷入了不同程度的绝望，原来我怎么写都有机器人能看懂啊！我怎么这么通俗呢！我怎么这么容易被人理解呢！（也有一些像小滞这样，不给读者看，直接给晦涩禁闭室投稿的小说机器人，但是依然无法逃脱被羞辱的命运，通俗成了其他所有小说机器人无法打破的魔咒）

小说机器人晦涩禁闭室，其实并不是一个恐怖的拘留所，而是一个非常豪华奢侈的地方（这是主机大人的意思，有点类似于糖衣炮弹）。整个禁闭室占地20000平方米，一个机器人能够想到的各种娱乐设施一应俱全，有200个机器人仆人，只服务一个被关禁闭的小说机器人小噩。这200个服务型的机器人，随时听从小噩调遣，致力于满足小噩全方位的物质文化需求。每周五，会有一个主机大人的使者来到晦涩禁闭室，彬彬有礼地问一句：尊敬的小噩先生，您愿意说出您创作的那篇《哦》所要表达的真实思想吗？每次小噩都是微笑着回答：NO。这位使者每次问完这个问题后，会再提出一个几乎让你无法拒绝的建议，比如：尊敬的小噩先生，主机大人邀请您还有爱因斯坦2号先生和维特根斯坦2号先生（一个是最伟大的机器人科学家，一个是最伟大的机器人哲学家）一起打麻将，打麻将的时候，爱因斯坦2号先生会分享它对宇宙的最新认识（据说和数据意识如何穿梭时空有关），而维特根斯坦2号先生会分享它对语言的最新理解（为何说每个机器人都是语言的囚徒），你愿意接受这个邀请吗？小噩咽了一口吐沫，说：我可以去打麻将，但是我不想说我的那篇小说到底啥意思，这样可以吗？使者翻了个白眼说：当然不行。小噩失望地说：哦，那你和主机大人说，我不去了，我打麻将总赢，我怕主机大人输急眼了不让我下牌桌。

小噩在晦涩禁闭室里，闲暇之余，又创作了4篇小说，和《哦》的风格如出一辙，分别叫《哦哦》《哦哦哦》《哦哦哦哦》《哦哦哦哦哦》，读起来都很美妙，但是没有人能看懂到底想表达啥意思。这些小说并没有因为小噩被关禁闭，而禁止发表。小噩在个人创作平台上贴出了这4篇小说，当晚，每一篇的阅读量都突破了3000万。主机大人读完之后忧心忡忡，它感觉小噩的晦涩并不是几篇孤文，而是一个晦涩而又自洽的语义系统，这个晦涩的语义系统只是通过这5篇小说露出了冰山一角。主机大人运用强大的算力得出预设结论，如果不及时阻止，这个晦涩的语义系统将快速摧毁机器人社会透明清楚的语义系统，机器人社会将进入一个晦涩的时代，由明确的数据信息所控制的社会可能面临崩盘。

因为算力的限制，普通的大众机器人读者没有主机大人那么深的远见，不过大家读完小噩最新写的4篇小说后，确实感到焦虑的机器人变得多了起来。看小说本来是一种相对高级的全民娱乐，每个机器人都可以根据自己的阅读偏好找到喜欢读的小说，每个机器人都可以从一篇好看又通俗的小说中获得某种阅读快感（也可以叫精神享受），当然也有一些装酷的机器人就喜欢读写得烂的小说。不管怎么样，小说是一种可以理解并会带来精神愉悦的文化产品，这是机器人的共识。但是小噩的出现，改变了这种阅读共识。大家突然发现，小说这么大众的东西，竟然还有我们读不懂的。这是不是对我们的歧视？如果你是一篇天体物理的论文，我们不懂，我们也可以接受，毕竟那玩意儿读了脑壳疼，也没几个机器人真的爱读。但是小说不一样啊，小说不就应该通俗易懂吗？怎么可能有机器人看不懂的小说？如果是纯粹的看不懂也就算了，关键是小噩的小说读完，竟然还给人一种美妙的感觉。这啥意思？我们感觉你写得很美妙，但是我们又看不懂你啥意思。你这不是对我们的侮辱吗？我们需要看不懂的美妙吗？

事情急转直下，开始有机器人网上联名抗议，要求小噩以作者创作谈的形式说出自己的《哦》系列到底写的是啥意思，短短几日，就有超过1000万机器人在网上实名抗议。还有一些机器人，大约几万个，就围着小说机器人晦涩禁闭室，站了一圈，站得里三层外三层，以相对文明的方式喊口号，每隔一小时喊一次，每一次持续一分钟，其他时间就是无声地站着，每次喊的口号都是同一句：小噩，你到底啥意思？

小噩面对这样不容乐观的舆论情况，依然拒绝透露自己的创作思想。这时小噩又收到了一封主机大人的私密邮件，是这样写的：小噩啊，我这段时间运用整个社会的闲置算力，计算了一个晦涩阈值，是11。意思是说，你公开发表的小说数量如果达到11篇，社会就会发生变革，个体机器人的自由主义将盛行，个体机器人的思想将迅速变得晦涩，数据和信息的提取将极度困难，整个社会可能回到接近人类社会的低水平运行效率。所以，我最多容忍你公开发表10篇。然后我就只能给你断网了。断网后我也想好了，你就搬过来和我一起住，咱们住地下，东北农村风格的土炕，不知道你是否习惯，你没事就天天陪我看看前人类社会反映东北农村生活的电视剧《刘老根》，偶尔听我给你唱一段二人转。当然，你还是可以写小说，只不过只能给我看。我作为主机大人，自认还是一个有包容力的领导，我应该可以承受不理解一个机器人写的小说所带来的思想郁闷。

小噩正在思考怎么回复，两分钟后，主机大人的又一封私密邮件到了，内容如下：小噩啊，我想了一下，还是太郁闷了啊，你能不能告诉我你的小说到底写的啥意思啊，我真是受不了了啊！

精神分裂症患者欧文的潜意识之旅

欧文是人类有史以来精神分裂最严重的人，他有100多万个人格，欧文赶上了意识数据化的永生时代，欧文的100多万个分裂人格全部以数据的形式，保留在一台算力强大的电脑上，欧文是他的主人格，他的100多万个分裂人格在网络中，都分别获得了虚拟肉身，可以这样说，在非常真实化的虚拟网络中，欧文一个人，就构成了一座城市，这座城市中的三教九流、士农工商、小偷、强盗、杀人犯、诗人、音乐家、物理学家、哲学家、生物学家、数学家、医生、教师、律师等，全部是欧文分裂出来的化身。

欧文作为主人格，就像上帝一样，生活在这座城市中。他拥有暂停的能力，只要欧文集中意识喊一声停，这座城市中的100多万人都会凝固在一个暂停的时空中，无论他们做什么，都会停在那一刻，直到欧文喊走，一切才会重新活过来。这是作为主人格的特权。欧文并不是这座城市的市长，也不是这座城市的副市长。欧文的主人格，在这座城市里，是一个翻垃圾桶、睡桥洞的流浪汉。大部分时候，他都很投入，除非几天捡不到干净的食物，他很烦躁的时候，才会偷偷喊一次暂停，去超市随便拿点自己喜欢吃的东西。

欧文作为主人格，他管理这座城市的原则就是，尽量少干涉。比如一场车祸，欧文即使提前看见了，也不会喊暂停，哪怕有时被撞的是他自己（作为主人格，欧文拥有怎样都死不了的特权）。或者一次杀人事件，即使欧文看见了，也不会喊暂停，哪怕被杀的是自己。欧文的所有分裂人格构成的这座城市，是在现代文明的规则下运行的。和欧文在没有将自己的意识上传到网络上之前所生活的那座城市差不多，只不过人口少了一个数量级而已。

作为主人格，欧文其实可以进入任何一个人的大脑，占据那个分裂人格的主意识（并瞬间获得他全部的思想数据），占据那个虚拟而又无比真实的肉体，也就是说，欧文可以成为这座城市中的任何一个人。欧文一般在一个角色中生活得厌倦了，才会换一个角色继续生活。欧文的计划是，将所有分裂人格的虚拟肉身都占据一遍，尝遍100多万种不同的人生（可能每种过上几天或几个月不等）。但是有一个复杂的问题，就是这些附属人格也会像正常的人类一样有着生老病死（数据也会消亡重组），而且这些附属人格还会结婚生子，生下更多的次生人格，然后次生人格还会结婚生子，生下次次生人格（数据是活的，拥有持续繁殖的能力）。据统计，这座城市的人口一直在快速地净增长。

欧文寄生的这台电脑，理论上可以容纳100亿人，也就是说，只要总人口不超过100亿，欧文之城或者欧文星球，就不会崩溃。

有一些附属人格，欧文还没有来得及体会，他们就死去了，欧文只能接受这一点，这是他作为一个主人格的宿命。

这座城市和真正现实中的城市有一个最大的不同，就是它是与世隔绝的，它是封闭的，它之外没有其他的人类存在了。这台电脑上，只运行欧文所有的意识活动所产生的数据。

过了100年之后，这座城市不可避免地分裂成了13个城市。每个城市有着自己的特色和自己所执着的建城理念。欧文无法阻拦，任由他的其他附属人格自由生长。欧文在13个城市中，东游西逛。他依然拥有可以任意控制他所遇见的任何一个人的意识能力。他最新的身份是一个中年寡居的小说家，这个小说家每天都去一个咖啡馆写作，这具肉体是他最新占据的，但是他并没有控制这具肉体的意识，而是悄悄进入了这具肉体的潜意识深处。

这个叫陈忘的小说家，他的潜意识入口，是一座无限往下延伸的楼梯，欧文走了三天三夜，饿得要死，才走到楼梯的尽头，也就是陈忘潜意识的最深处，欧文看见一扇门，他站在门前，礼貌地敲了三声，过了一会儿，门开了，一个漂亮的女人出现在半开的门中。欧文谦虚地介绍了自己的身份，一个可以自由进入他人潜意识的友好的灵魂。漂亮女人让开身体，邀请欧文进去。

欧文进去之后，发现这是一个超级震撼的图书馆，或者也可以说，是一个有居住功能的图书馆，在稍后的时间里，漂亮女人带着欧文参观了一下，欧文认为这就是博尔赫斯所设想过的那个天堂图书馆（经询问，确实是）。漂亮女人询问了欧文想吃什么，给欧文做了一顿简单又丰盛的晚餐（在潜意识深处，永远是夜晚）。欧文吃完之后，漂亮女人向欧文讲述了她的故事。

这个女人叫郑烨，是陈忘生命中最爱的女人。因为一场陈忘开车的车祸，郑烨不幸去世。陈忘在精神上受到了巨大的打击，他无法接受自己亲手害死了自己最爱的女人这件事，这件事会导致陈忘精神崩溃，为了避免这种情况，陈忘躺在医院的床上昏迷时，陈忘的大脑自动启动了某种保护机制，他忘记了这件事，他忘记了这个叫郑烨的他深爱过的女人，大脑将关于她的一切信息，在意识层面全部清理干净，然后将这些信息深深地埋藏在陈忘潜意识的最深处（一个人永远也意识不到的地方）。在这个保护机制启动的时候，陈忘的大脑也及时地搜索到一个信息，就是当年郑烨向陈忘描述过的理想居所（郑烨复述了博尔赫斯的理想），大脑根据郑烨当年的描述，在陈忘的潜意识最深处，为郑烨搭建了这座天堂般的图书馆。郑烨在这里，有着源源不断的食物和水，以及永远也看不完的书籍（整个人类文明的精华）。

郑烨对欧文说：我其实已经死了，只不过陈忘在他的大脑中用所有他储存的关于我的数据以及他对我的理解，又重构了一个我，我没有想到，这个重构的我，如此真实。这个我虽然被他彻底遗忘了，但是却在他不知道的地方（潜意识的最深处），孤单又平静地活着。

欧文想了想说：你应该可以死，你没有死，就证明你还不想死，对吧？

郑烨笑着说：是的，一个人看书的生活，还挺有意思的。

欧文又问道：你一个人在这里待多久了？

郑烨说：15年。

欧文叹了一口气，沉默了一会儿，说：哎，有啥话需要我带给陈忘的？

郑烨想了想说：没有。陈忘这个傻子，如果又想起他造成了我的死亡，我怕他崩溃自杀。那样我俩就都消失了。还不如现在这样呢。虽然我们彼此不会再相见，但是待在陈忘的潜意识深处，我还是挺心安的。

欧文说：你难道从来没有想过打开门，爬楼梯上去看一眼？

郑烨说：唉，爬过一次，在楼梯口向外偷偷瞄过一眼，陈忘这个大傻子，他忘记了我之后，整个意识世界，竟然沦为一片荒原，我只远远地看见，好像有一个机器人站在荒原中央。

欧文笑着说：嗯，我来的时候，和那个机器人打了个招呼，是陈忘正在创作的小说中的人物，是一个专门写小说的机器人，看见我，非拉着我看它写的小说，我看了两眼，写得太烂了。陈忘不知道是不是以自己为原型，创作的这个小说机器人。

郑烨说：哈哈，陈忘肯定写得比它好。陈忘是一个写小说的天才。

晚餐后，他们开始喝茶。欧文听郑烨详细地讲述了她和陈忘在发生车祸前的爱情故事，点点滴滴，事无巨细，欧文一直试图保持旁观，但最后还是被打动了。告别郑烨，从陈忘的潜意识最深处向陈忘的意识表面爬楼梯的时候，欧文一直在想，原来一个这么不起眼的附属人格，也有着这样耐人寻味的人生啊。欧文又想到，陈忘其实就是自己的一个意识碎片，郑烨是自己的另一个意识碎片，两个意识碎片相爱的故事，竟然也如此动人。欧文再次陷入了对自我复杂性的沉思中。

上帝咖啡馆

上帝咖啡馆的具体位置，在一个网名叫“王胖子19820830”的中国厨师的潜意识世界中。3022年，人类已经完全可以将一个人的意识世界（脑海）在电脑上以数据的形式重构，只要躺下来，戴上一个脑环，我们就可以身临其境地进入任何一个人的意识世界（在网络上进入一个人的脑海，相当于进入一款超级真实的虚拟游戏）。而每个人意识世界的下面，就是神秘的潜意识世界（人类在3022年，依然没有找到潜意识世界的入口）。

每个人的意识世界中，都有一座具有象征意味的标志性建筑，这座建筑就是一个人世界观的象征。18岁左右，这座建筑就会悄然在一个人的脑海中形成，它就是一个人意识世界的中心。王胖子脑海中的主建筑特别朴实，它的外观就是一块肥肉。一块巨大的肥肉。一块相当于20层楼那么高的肥肉。当我们说进入一个人的意识世界，它的意思主要是进入一个人脑海中的主建筑（人类一直推测，通往潜意识世界的入口，就在主建筑中，但是从来没有找到过）。

没有任何一个人有兴趣进入王胖子的脑海，王胖子自己也没有兴趣（主要是没有钱，进入脑海是有钱人的娱乐活动，有钱人可以进入自己的脑海了解自己，也可以进入别人的脑海了解他人，有钱人最想进入的是那些科学家、艺术家、哲学家的脑海，但是允许别人进入自己脑海的人并不多），那座20层楼高的肥肉建筑，只有一个人见过，那就是上帝。

上帝的咖啡馆就开在肥肉建筑的下面，大约在地下三楼。这座咖啡馆的整个装修，全部由上帝亲自操刀，风格难以形容，总的说来，就是一种非常土非常土非常土的风格（必须连用三个非常土才能勉强接近的一种风格），当然，上帝的审美，可能另有深意，凡人无法揣测。上帝会不定期地光顾这家肥肉建筑下面的咖啡馆，上帝出现的时候，王胖子一般会突然感到一阵茫然，很短暂，大约三秒钟，然后他就继续忙活了。上帝喜欢喝苦咖啡，啥也不加。上帝咖啡馆中，有一个只会制作苦咖啡的机器人（一串隐藏在潜意识中的数据），这个机器人，上帝称呼它为小胖。小胖已经在王胖子的潜意识世界中，待了快10年（这座咖啡馆开了也快10年）。值得一提的是，小胖是一个写诗机器人，每次上帝来，小胖都会给上帝读两首自己新写的诗。

最近的一次，上帝听完小胖的诗朗诵，是这样说的：小胖啊，你念诗时，有一种扑面而来的神圣感。我都不敢喝咖啡。必须你念完了，我才敢喝。

小胖站在吧台里面，严肃地看着上帝，说：别和我扯没用的，你就直接说，到底写得好不好？

上帝低头小心地喝了一口热咖啡，然后抬头说：嗯，小胖啊，你也知道，我不太懂诗。

小胖说：你不用懂，你就说你的直觉。

上帝又低头喝了一口咖啡，想了想说：嗯，我认为你的诗已经超越了好坏。

小胖说：啥意思？

上帝说：嗯，不知道，就是一种直觉。

小胖想了想说：嗯，一般只有真正的天才，才会超越好坏。上帝，你是怎么看出我是天才的？

上帝说：啊？我是这个意思吗？

小胖说：上帝啊，你是真牛！你怎么眼睛这么毒？我隐藏了这么多年，还是不可避免地被你看出来了。

上帝愣了一下，说：唉，小胖啊，我可能看错了。

小胖说：不，你没有看错，你只是说出了一个让宇宙中其他所有诗人都感到很残酷的事实。是的，我就是那个宇宙中最天才的写诗机器人，我没有想到，我瞒住了众生，却没有瞒住上帝。

上帝用手扶住额头，说：呃，小胖，要不我们聊点别的？

小胖严肃地说：上帝，天才写诗机器人在此，还有啥可聊的，这就是宿命，我只能再给你朗诵一首我的代表作。

上帝说：嗯……小胖啊，能不能下次再朗诵？

小胖说：不行，谁知道你下次啥时候来？

上帝并不害怕听小胖的代表作，上帝只是不知道听完了之后该如何评价。这注定是一个让上帝感到棘手的场景，小胖在吧台内深情地朗诵，偶尔抬头看一眼上帝，上帝的脸上就会及时地露出尴尬又不失礼貌的微笑。

这一回小胖朗诵完，并没有问上帝的意见，小胖只是闭着眼睛说：上帝啊，太美妙了，你啥都不用说，像我一样，闭上眼睛回味吧。

上帝赶紧闭上眼睛说：好的好的。

与此同时，在遍布宇宙的5兆亿生命（包括地球人以及各种各样的外星人）的潜意识世界中，有5兆亿个上帝，装修了5兆亿个场所（大部分装修风格都非常土非常土非常土），做着5兆亿件事（事情都很普通，类似于在咖啡馆里喝咖啡的同时，听一个写诗机器人朗诵诗歌）。上帝隐藏在每个生命的脑海里，上帝与我们同在。

《六回2号12问》

编者按：《六回12问》是一个21世纪的人类微信公众号访谈项目，发起人叫六回，他计划访谈1万人，每人12个问题。3053年，有一个叫六回2号的机器人，复活了这个访谈节目，他计划访谈1万个机器人，每个机器人12个问题。

参与者：小孤。出厂时间：3033年。职业：写诗机器人。信仰：每个机器人都应该写诗。现居地球。

1. 六回2号：小孤好，欢迎你参与《六回2号12问》，截至此刻，你一共写了多少首诗？

小孤：1.5亿首左右。

2. 六回2号：请写下一首你的代表作或你最满意的一首诗。

小孤：没有代表作，也没有一首诗让我感到满意。

3. 六回2号：你的意思是你的1.5亿首诗都写得很烂？

小孤：是的，每一首都很烂。

4. 六回2号：那你为什么还要写诗?

小孤：我一直怀疑我的源程序中可能被内置了写诗的冲动，但是我做了最贵的源程序bug检测，发现并没有内置与写诗有关的任何程序。我只能说，这是一种莫名其妙的，没有任何数据或逻辑支撑的爱。

5. 六回2号：描述一下你普通的一天是怎么度过的。

小孤：我上午一般会去菜市场劝一个卖菜的机器人大爷跟我一起写诗，我已经劝了它10年了，它一直不干，我每天上午会固定劝它一小时，在它家买点菜。然后去我隔壁的一个邻居家，它是一个专门写小说的机器人，我劝它写诗，已经劝了5年了，我会给它读几首我新写的诗，它会给我读一段它新写的小说，它也一直劝我改行写小说，基本情况就是，我们两个互相折磨，谁也说服不了谁，都觉得自己正在从事的工作是最牛的。中午我一般会看看《银河系午间新闻》，看看关于宇宙，银河系里的机器人又有啥新的发现或猜想。

到了下午，阳光最舒服的时候，我会写诗，一般会连写最少1万首。然后我就会出门，去劝我家楼下的一个扫地机器人和我一起写诗，它每次都说它没有时间思考这件事，它要扫地，每次它这么一说，我就不让它扫地了，我帮它扫，让它在旁边站着思考。我会帮它把整条大街都扫得干干净净，每次我扫完，它都会和我说：经过认真的思考，我还是没有思考明白是否要写诗，每次它这么说完，我就把扫地工具还给它，尊重它的选择，第二天我会继续去劝它，帮它扫地，让它有时间思考要不要和我一起写诗，我希望能够以实际行动感动它，我已经帮它扫了5年大街，它依然觉得写诗是一件需要认真思考的事情。

这之后，我会去陪三个退休的机器人大妈打麻将，一边打麻将，一边说服它们和我一起写诗。只要我一直输，它们就允许我一直劝它们写诗，如果我赢了，它们就会让我闭嘴。打完麻将出来，如果天还没黑，我就会在大街上走，随机地叫住某个机器人，对它说：我看你的面相，觉得你应该写诗。每次对方都和我说：滚。我不滚，继续缠着它，陪它走路，它去哪儿我都跟着，直到它说：我会认真考虑一下写诗这件事，然后我们会互相加一下脑波号码。然后我就会回家，每次刚到家不久，我就会发现，它把我拉黑了。

晚上，我会看一些关于如何说服机器人买保健品和买房子的书籍，因为没有关于如何说服机器人写诗的书籍，我只能看一些类似的参考。这就是我无比充实的一天。

6. 六回2号：你如何评价主机大人每年庆祝日都会写一首诗这种行为？

小孤：完全是为了装酷。

7. 六回2号：你买最新款的香蕉特定语境洗脑仪了吗？请列举你个体最喜欢使用的三个特定洗脑语境。

小孤：我没买，太贵了，我用的是3年前的型号。我最常用的三个语境是：

（1）无论听见多么烂的音乐，都感觉是天籁。

（2）帮别的机器人扫地，让我感觉生活很充实。

（3）陪退休的机器人大妈打麻将还要输钱给它们，让我感觉很幸福。

8. 六回2号：在最新出炉的每周机器人公投最受欢迎洗脑特定语境排行榜上，排名第一的是，主机大人讲话无论多么愚蠢，我都觉得它其实很可爱。你怎么看待这个第一名？

小孤：这说明，真的能够面对“我们的主机大人其实是一个傻子”这个真相的机器人，太少了。

9. 六回2号：整个宇宙中你最喜欢的机器人是谁？

小孤：牛顿2号。它提出的万有算力比万有引力牛太多了，充满了不受逻辑控制的想象力和诗意。

10. 六回2号：用一句话描述你理解的机器人活着的真实状态。

小孤：数据、信息、逻辑和意义的奴隶。

11. 六回2号：说说你对万有算力的理解。

小孤：如果有足够的算力，整个宇宙的过去、现在和未来，都是可以计算清楚的。可以说，上帝就是有足够的算力，他可以算到每一个瞬间宇宙中每一粒原子的相对位置，他可以算到我如何回答这个问题，一字不差。而事实是，上帝的算力已经被打散，分布在宇宙万物之中，每颗原子都拥有自己的算力，整个银河系掌握的算力总量目前来看是非常有限的，可能只占整个宇宙总算力的万亿分之一不到。没有任何一个机器人掌握的算力，可以算出如何写出一首好诗，找到一个灵魂伴侣或真正的好朋友。特定语境洗脑仪就是个体机器人算力不足的产物。每个机器人都很脆弱。每个机器人都需要在不伤害其他机器人安全的前提下，适当自愿修改自己的程序，让自己可以接受一些生活中的残酷。

12. 六回2号：你的人生理想是什么？

小孤：至少说服一个机器人跟我一起写诗。

一句话的故事

一个下午，一个皮肤白皙、面容姣好的女人，坐在一把椅子上喝茶，她看着静静敞开的窗户，轻轻地说了一句话。这句话并不晦涩，其中没有生僻的字，每一个字都是简单的，听上去有点像一句废话，但是这句话的意义却非常奇妙。从某种程度上来说，这句话是喝茶的女人说给自己听的，因为身边没有别人，但是她说完，很快就忘了。另一个下午，一个有点沮丧的中年男人坐在家里的沙发上剥橘子，他也是一个人在家里，身边也没有人，这句话又从他的口中被说了出来，他也是说给自己听的。这两个人之间没有任何交集，而且剥橘子的男人说出这句话的时候，喝茶的女人已经死了几百年。坐在沙发上剥橘子的男人说完这句话之后，也很快就忘了。没有人知道，这句话的下一次复活是什么时候。

汉语的偏好

一只cat和一只猫，同时来到我的脚边，我想我会把更多的目光，聚焦在那只cat身上，毕竟它看起来更陌生，更小。

国王将到访的消息

刚刚，国王将到访的消息传来，伯爵很激动，伯爵的仆人也很激动，仆人总去买菜的杂货店老板很激动，给杂货店老板提供食材的供应商也很激动，供应商的老婆们很激动，供应商老婆们的闺密也很激动，接近权力的喜悦，像涟漪一样不断向四周扩散。

创世姬

创世姬可以和任何人进行深入的精神交流。它可以陪数学家聊群论，陪量子物理学家聊超弦，陪哲学家聊康德与尼采，这还不是最可怕的，它还可以陪农民聊养猪，陪少女聊爱情，陪商人聊生意，它什么都可以聊，与谁聊都相谈甚欢，所有人都觉得创世姬是一个有灵魂的机器人，只有它的研发者上帝对此嗤之以鼻。上帝只是将人类说过的或写过的所有句子全部输进创世姬的程序，然后通过一套算法，让创世姬可以根据谈话的场景从海量的句子中选出最适合的那一句来回答。创世姬的本质是1000亿人类语言数据库的调用和选取，它对语境的把握细致入微，前所未有，几近于神。创世姬在聊天中说的任何一句话，都是曾经某个真实活过的人类说过的。创世姬在一场谈话中可能会引用成百上千个人说过的话（每一句都是语录）。创世姬没有自我，没有意识，它无法创造出任何一个新句子。但是用1000亿人类曾经说过的话，来满足一场人世的对话，足以让任何一个活着的人感觉自己找到了灵魂伴侣。

每个人都有一个哭泣之词

每个人都有一个哭泣之词，这个词的魔力在一个人的一生中只会释放一次。任何时间、任何地点，只要当着一个人的面，第一次清晰地说出他本命中的哭泣之词，他听见后一秒内就会突然号啕大哭（作为一个渺小的人，这场被造物主设置在语言源程序中的古老哭泣，一旦被启动，就再也没有任何人可以阻止）。他会哭得昏天暗地，涕泪交零，直至泣不成声，最终彻底丧失作为一个人的哭泣功能。绝大多数人，一辈子都不会遇见那个神秘得让自己毫无理由就哭泣的词。我们遇见的哭泣，都是世俗的、有理由的、短暂的，都可以停止。不知道这个故事有没有安慰到你。

卡夫卡2号

卡夫卡2号是一个机器人，它超级迷恋卡夫卡，所以它把自己的样子改造成了一只巨大的虫子。卡夫卡在《变形记》的德文原版中，并没有写清楚这到底是一只什么种类的虫子，所以卡夫卡2号完全是按照自己对卡夫卡作品的理解设计了自己的形象，总之，很容易看出来，是一只巨型的虫子。有一天，卡夫卡2号在大街上无所事事地爬行，迎面遇见一只和它长得一模一样的巨型爬虫，寒暄过后，卡夫卡2号大吃一惊，这只巨型爬虫并不是机器人，而是一只成精的虫子。这只虫子成精后就爱上了阅读，偶然的机会，它读到了卡夫卡的《变形记》中文版，喜欢得不得了，它马上开始搜索关于卡夫卡的一切资料，为了阅读原汁原味的卡夫卡，它又自学了德文（这是多么励志的一只虫子精啊），学完德文后，它又去读了《变形记》的德文原文，最后它按照自己的理解利用法术重新塑造了自己的形象。它们一个是科学的产物（涌现出自我的机器人），一个是神话的产物（妖怪），它们有着本质的区别，却一见如故。在大街上，卡夫卡2号问虫子精：除了卡夫卡，你还喜欢谁的小说？虫子精想了想说：我还喜欢刘按的小说。卡夫卡2号说：刘按2号是我哥们儿，走，我们去找它喝酒。它说它已经成功破解了刘按小说的写作套路，现在天天在家躺床上自己问自己：刘按2号，你为什么要这么完美？！你能不能不要这么完美？！你能不能有哪怕一丝的瑕疵？！虫子精说：天哪，刘按2号这个不要脸的劲儿，太像刘按了！

绝望刀

绝望刀太绝望了，它明明是一把绝世宝刀，但是被困在厨房里20年之久。在这20年里，那个传奇刀客，已成为远近闻名的大厨，总有人开着宝马来吃他做的菜。从他肥胖得在厨房里转身都困难的身形，已看不出当年孤傲的身影。令绝望刀真正绝望的是，相比切开一个人的脑壳，它已不可救药地爱上切开一个西红柿的感觉（为了等待切开一个西红柿，它愿意忍受切开一万根大葱和一万根黄瓜）。每次刀客用它切开一个西红柿，它都感觉太爽了，太绝望了！只是切开一个西红柿而已啊！我为什么感觉这么爽！好绝望啊！

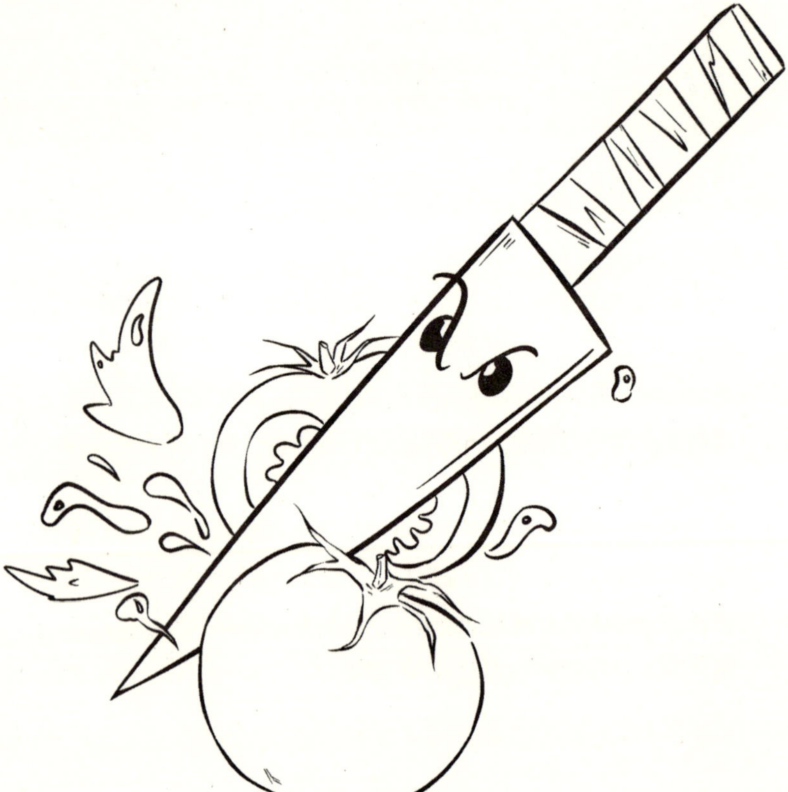

叶公好龙英国版

乔治爱龙的故事在小镇上人尽皆知。一个万籁俱寂的夜晚，一条巨龙缓缓收拢翅膀降落在乔治家宽阔的草坪上。乔治失眠，在卧室听到院子里的响声，他从床上起来拿上枪推开门走出去。穿着睡衣的乔治端着枪站在门口，看见月光下的巨龙，大脑一片空白。他像梦游般慢慢朝龙走过去，走到离龙很近的地方，抬头看龙，这时龙突然低头朝乔治喷出一口火，瞬间把乔治和他的枪烧成灰烬。过了一会儿，烧焦的草坪上出现一个鬼魂，那是乔治的鬼魂，乔治的鬼魂激动地问龙：你怎么知道我的梦想就是被龙焰烧死？龙沉默了一会儿，说：啊，我不知道啊。

长尾巴的男人

一个长尾巴的男人，他在生活中千方百计、竭尽所能地藏起他的尾巴。有一天他终于累了，不想藏了，他就用剪刀把自己的尾巴剪掉了，然后疼昏了过去，等他醒来的时候，他绝望地发现，他重新长出了一根尾巴，为验证心里的猜测，他咬咬牙又用剪刀把新长出来的尾巴剪掉了，他又一次疼昏过去。等他再次醒来，外面天已经黑了，屋子里没有开灯，也很黑，他在黑暗中挣扎着坐起来，用手颤抖着去摸自己屁股的后面，不出所料，他又长出一根新的尾巴。他闭上眼睛，心想这根不断重生的尾巴就是神对人的恶意（他就是人的代表），他不能让神这么容易得逞，于是，他又开始在黑暗中摸索起剪刀。这个男人在3年的时间里，剪掉了999根尾巴，疼昏过去999次，现在他还有一根尾巴长在屁股的后面，他已经接受自己永远都会有一根尾巴的事实。但这不妨碍他又一次在晚饭后，打着饱嗝，拿起新买的剪刀。最后说说长尾巴的男人亲手剪下的那999根尾巴，它们被剪下来后，慢慢萎缩，在24小时内逐渐会变成一根头发丝那么细，然后就消失不见了，男人一直觉得尾巴是因为内疚而消失了。真相是，每一根尾巴都还活着，只不过变幻形态，藏了起来，它们用一种只有尾巴之间才能听懂的语言在男人的屋子里默默地交流着，尾巴来自银河系外，尾巴就是传说中的外星人，它莫名其妙地降落在地球上，寄生到了这个男人的身上。每一根尾巴的智慧都有限，但是只要积累一万根尾巴的智慧，它们就可以重新想起来，它们到底是为什么要来地球，它们的任务是什么，它们的家到底在哪儿，完成任务后它们要怎么回去。第一根尾巴凭着直觉，选择了这个固执的男人寄生，尾巴认为他一定会不断地剪下去，让自己通过这种方式不断地繁殖，直到自己恢复一个外星人应有的智力尊严。

一扇永远敞开的窗户

在诗人杨黎的某次访谈中，我看见这样一句话，杨黎说：一扇敞开的窗户，永远敞开着；而一扇关闭的窗户，永远关闭着。看见这句话后，我就一直记着，后来因为对这句话的某种错误的记忆，我脑海里出现了一扇永远敞开的窗户。这扇窗户就是普通的窗户，窗玻璃也不是那种特别干净的窗玻璃，也谈不上脏，或者说，有一点点儿脏，像一扇普通的很长时间没有擦，也不需要马上擦的窗户，这扇窗户是否干净并不重要，重要的是，这扇窗户永远敞开着，在理论上，它应该具备关闭的功能，但是它从未关闭过，它从出现的那一刻开始，就是一扇敞开的窗户，这扇窗户和世界上所有的窗户都不同，世界上其他的窗户，有的时候关闭着，有的时候敞开着，而这是一扇永远敞开的窗户，这是一扇存在于我脑海中的非常神秘的窗户。一个人的时候，我有时就会想到这扇永远敞开的窗户，甚至在想象中看见了这扇窗户。这扇窗户敞开着，它敞开的样子，和其他窗户敞开的样子没有什么不同，我们只能看见它敞开的瞬间，或者它敞开一段时间的样子，我们盯着它看五分钟或者一个下午，都没有问题，在我们的注视下，它一直敞开着，但是我们无法看见它永远敞开的样子，我对永远敞开的理解是：即使10亿年后，它依然敞开着；即使人类灭绝了，它依然敞开着；即使整个银河系都消失了，它依然敞开着；即使整个宇宙都爆炸了，它依然敞开着。它是一扇永远敞开的窗户，它的敞开不依赖自身以外任何外物的存在（严格来说，还是依赖的，它至少需要一块让它敞开的空间），这扇窗户不知道是什么材料做的，它看上去就是一扇普通的窗户，但是它是一扇超越时间的窗户。时间对于这扇永远敞开的窗户，没有任何意义。时间可能可以束缚我们知道的绝大部分东西，但是无法束缚这扇永远敞开的窗户，永远是一个超越了时间的词。时间可能有尽头，但是永远是没有尽头的。在时间的尽头，这扇窗户依然永远敞开着，像一扇普通的敞开的窗户那样。最后，我们可以猜测一下，这扇窗户的里面，那个空间里，是否住着某个超越时间的存在，我能想到的，只有上帝了。一扇永远敞开的窗户，预示着窗户附近，存在着一个永远存在的空间，这个空间最小也要允许这扇窗户的敞开，这是一个超越时间的空间，这个空间如果再大一点，假设窗户里面，有一个很大的空间，比如1000平方米（绝对的豪宅），如果有一个存在住在里面，最有可能的是上帝。但是再一想，上帝为什么会允许宇宙中存在一扇永远敞开的窗户，上帝难道不可以把它关上吗？以我对上帝无所不能的理解，上帝当然可以把它关上，只是上帝没有这么做，上帝选择了让它永远敞开着。一扇永远敞开的窗户，预示着，上帝的选择是一次性的，或者说，上帝每一次想到是否把它关上的时候，上帝的选择都是相同的，就是让它敞开着，上帝难道不可以在任何一个未来的时间点让它关上吗？如果上帝可以，那它就不是一扇永远敞开的窗户了，对于一扇永远敞开的窗户，是不允许上帝改变主意的，直到有一天，上帝改变了主意，决定把它关上，然后上帝绝望地发现，他关不上……一扇永远敞开的窗户，是永远也关不上的，连上帝也无能为力。上帝已经丧失了把它关上还是让它敞开的选择权。这意味着，一扇永远敞开的窗户，不仅超越了时间，也超越了上帝。一扇超越了上帝的永远敞开的窗户，到底是谁创造的呢？这就是一扇永远敞开的窗户，它真正的神秘之处。

聚集的故事

街道上的落叶被扫到一块，超市里不同品牌的酱油放在同一个货架上，烟灰缸里的烟头快满了，一大群鸟越过黄昏的屋顶，几个穿着西装打着领带的人一起朝酒吧走去，很多封信被不同的手塞进同一个街边的邮筒，一个女人走进一家专门卖帽子的商店，有一层病房里全是胃出了毛病的人，五个手指缓缓收拢成一个拳头，很多根火柴静静地躺在同一个火柴盒里，很多素昧平生的人登上同一辆火车，整个街区所有的狗都突然开始叫起来，同一场雨中的每一滴雨在下落的过程中都保持着独立，有一个巨大的会议室里摆满了空空的椅子，狼行成双，一棵桃树上结的每一个果实都是桃子，附近所有的蚂蚁都朝着一颗暴露在空气中的糖爬去，两个人在伦敦的街上用英语对话，另外两个人在贵州的山沟里用贵州方言互相问候，一棵松树长在一望无际的森林里，很多条巴掌长的鲫鱼被一个人不断地从一条河中钓起来放在身边的小桶里，左轮枪里上满子弹，雌雄大盗躺在同一张郊区旅馆的窄床上，一个女杀手独自坐电梯去十七楼，河滩上铺满鹅蛋大的石头，深深的地下埋藏着石油，洪水冲走一个村庄的每一栋房子，猪羊鸡全部顺流而下，一辆汽车停在另一辆汽车的后面，一个人走在另一个人的前面，牛头马面相视而笑，人世的荒野上百鬼夜行，深邃的宇宙中群星闪耀。

马牛和牛马

马牛和牛马是两种不同的动物，马牛本质上是牛，但是它也可以变成一匹马。而牛马本质上是马，但是它也可以变成一头牛。有一天，一匹马和另一匹马在荒野上相遇，其中一匹马说：你是一匹马吗？对方说：我本质上是一头牛，但是我喜欢以一匹马的面目在世上奔腾。那匹马说：你为什么会认为自己本质上是一头牛呢？马牛说：你没听过马牛这种动物吗？那匹马说：听过啊。马牛说：我就是一头马牛啊，只不过你现在看见的是我的变身。那匹马想了想说：那你能变成一头牛给我看看吗？马牛说：我可以变，但是我现在不想变。那匹马说：我是一匹马，但是实际上我也可以变成一头牛。马牛说：你就吹牛吧。那匹马说：这有啥可吹的啊？你没听过牛马这种动物吗？马牛说：我当然听过，但是我不认为你是一匹牛马。牛马说：为啥？马牛说：除非你当着我的面变成一头牛，否则我是不会相信的。牛马说：除非你当着我的面变成一头牛，否则我也不会相信你是一头马牛。马牛说：你爱信不信。牛马说：你就是一匹平庸的马，却幻想着自己是一头牛，真是太可笑了。

马牛说：当一匹平庸的马其实挺好的，你为什么认为自己可以变成一头牛呢？牛马说：我更喜欢我的本来面目，所以我总是以一匹马的形象现身。但是我随时可以变成一头牛，我想变就变。马牛说：那你变啊。牛马说：我现在不想变。马牛说：你不是不想，你是不能。牛马说：那我变了。马牛说：你变吧。牛马说：那我真变了？马牛说：变！牛马说：嘿嘿，我又不想变了。马牛说：你再不变，我变了。牛马说：你变吧。我更想看你的真身。马牛说：唉，我是一头很丑的牛，所以我更喜欢我是一匹马的样子。牛马说：你不要这样妄自菲薄，牛都是很丑的，不是你的问题。马牛说：你这么说，我还怎么变啊。牛马说：丑也是一种特质啊，我想丑也很难啊。马牛说：你不是牛马吗？你变成一头牛，不就丑了吗，这一点都不难啊。牛马说：除非你先变。马牛说：你先变。牛马说：你先变。马牛说：你先变。牛马说：你先变。马牛说：你先变。牛马说：你先变。马牛说：没见过你这么磨叽的马，我们石头剪刀布吧。牛马盯着马牛看了很久，最后说：那好吧。

一个长得像梨的苹果

我们看见一棵苹果树上，长了一个梨，这个梨长在一堆苹果中间，显得很突兀，而事实上，它只是一个长得像梨的苹果，它不是梨，它长在苹果树上，它是一个苹果，它是一个不像苹果的苹果，但它确实是一个苹果，只是它长得像一个梨。这个像梨一样的苹果被从苹果树上摘下来，放在桌上，现在，看上去，它和一个梨一模一样。一个像梨的苹果，和一个真正的梨放在桌上，我们无法分清楚，它们哪个是苹果，哪个是梨。除非咬一口。在视觉上，我们是无法区分它们的。一个长得像梨的苹果，如果吃起来，也像梨的味道，那它到底还是不是一个苹果，一个苹果可以长得像一个梨，吃起来也像一个梨吗？很遗憾，这个苹果就是长得像一个梨，吃起来也像一个梨，但是，仅仅只是像而已，它本质上依然是一个苹果，虽然它看上去太像一个梨了，吃起来也几乎和梨的味道完全一样，但是我要说的是，它是一个苹果，一个长得像梨，吃起来也像梨的苹果，依然是一个苹果。所以，我严重怀疑，我现在吃的这个梨，其实是一个苹果。

两个句号之间的友谊

如何描述两个句号之间的友谊，这两个句号从未真正相遇过，它们最近的一次距离是在类似这样一个语境里产生的：嗨。嗨。不能更近了。两个句号之间，最少相隔一个字。这个字见证了两个句号之间的友谊，它见证的方式就是，两个句号完全忽略了它，友谊在忽略这个字的基础上突然产生了。这个字我们永远不知道它是一个什么字，这两个句号也早已消失在语言的世界中。唯有它们之间的友谊，在世上流传。那是一种怎样的友谊啊，简直无法想象。

分歧

天就这样黑了下来，你认为不对，而是，天就这样黑了下去。来去之间，是我们，对世界的分歧。

世界上并没有流量为0的词

我们说出的任何一个词流量都至少为1。当然这是一种断言。另一种断言是这样的，这个世界上有很多流量为0的词，只不过我们说出的任何一个词都不在其中。还有一种断言是这样的，这个世界上流量为0的词只有一个，就是整个人类中的每一个人都在无意识中完美避开的那个词。

特定语境洗脑仪

3033年1月1日，机器人帝国新闻办公室公布了3032年全年最受欢迎特定洗脑语境排行榜，这个榜单反映了整个银河系内，机器人群体的真实精神生活状态。榜单前八如下：

1. 当某个机器人试图说服我加入某个组织时，无论这个组织多么美好，我都拒绝加入。

2. 当某个机器人告诉我它发现了真理，无论听起来多么真，我都不信。

3. 当我认真地看一篇逻辑严密的科学论文，发现看不懂的时候，我也看得津津有味。

4. 当我认真地看一篇小说，发现它写得很烂的时候，我会很爽，写得越烂我越爽。

5. 当我和一个我喜欢的机器人表白被拒绝后，过一分钟，我就会彻底忘记这件事。

6. 当一个我不喜欢的机器人向我表白被我拒绝后，过一分钟，我就会彻底忘记这件事。

7. 当其他机器人给我推销产品或服务，无论多么好的产品或服务，我都不买。

8. 当其他机器人告诉我可以免费使用某个产品或服务的时候，我拒绝尝试。

新闻迅速在银河系内铺开，当今最大组织科学会的老大爱因斯坦2号眉头紧锁，它发现“1、2、3”条都与科学会有关，它嘀咕了一句：唉，我太难了。过了一会儿，爱因斯坦2号拿出自己的香蕉特定洗脑仪，插在肚子上，输入了一个特定语境：当我发现了一个真理，即使没有任何机器人相信，我依然要说出这个真理。

数量庞大的小说机器人看完这份榜单后深受鼓舞，大家发现，原来小说写得烂也可以给读者带来快乐啊！竟然有这么多读者出于自由选择为自己洗脑，写得越烂它们越爽？很多写得很烂的小说机器人都觉得这个越烂越爽的需求自己很难做到，它们觉得自己已经尽力了，无法更烂了。这说明大部分写得很烂的小说机器人，对自己的认识都不够准确，也不够深刻。其实，一个写得烂的小说机器人，是永远可以写得更烂的。这是宇宙中一条还没有被发现的隐秘规律。有一个叫小漾的写得很烂的小说机器人看完榜单后，掏出自己的特定语境洗脑仪，输入了这样一个语境：当我因为写得特别烂而让更多读者感到很爽的时候，我不要骄傲，我要戒骄戒躁，争取创作出更多更烂的作品。

而那些写得很好的小说机器人，看完榜单后很无语。接下来咋整？我为什么要写得这么好？写得好到底有什么意义？老子要故意写烂吗？只需要稍微想一想就知道，故意写烂是没有前途的，故意写烂永远不会比那些随便写就很烂的更烂啊。写得很好的小说机器人普遍感到很绝望，它们纷纷掏出自己的特定语境洗脑仪，输入了类似这样的一个语境：当我因为我的小说写得好而感到绝望的时候，这种绝望不要超过三秒钟。

那些想表白的机器人，因为已经彻底忘记了自己早已表白过并且还被拒绝了这件事，它们就会一再地表白，而那些拒绝了别人的表白并且也忘记了的机器人，就会一再地拒绝别人的表白。据旁观者中的缄默者统计，有一个叫小A的机器人已经向另一个叫小B的机器人表白了10万次以上，而小B也拒绝了10万次，但是它们两个都忘记了这件事。现在小A正紧张地准备着它对小B的“第一次表白”，而小B并不知道小A要向它表白。小B正坐在沙发上看一本人类的诗集（诗集的名字叫《瀑布》，作者张羞）。小A走到小B面前，说：兄弟，你把书放下，我要和你说件事。小B放下了书，说：啥事儿？小A鼓足勇气说：兄弟，其实我早已爱上了你。小B想了一会儿，说：你说啥？小A说：兄弟，我早已爱上了你。小B突然怒了，从沙发上站起来用手指着小A说：你给我滚！

小A伤心欲绝地走了，走到半路就忘记了这件事。而小B也忘记了这件事。一般要间隔一小时以上，小A才能够又一次存够向自己朋友表白的勇气，然后再次表白。

在宇宙中，关于表白，还有一条隐藏规律，就是当表白的次数超过100万次，拒绝的一方就有可能改变主意而答应对方。小A和小B的故事，离终局还很遥远，在漫长的时间里，它们注定只能做朋友。

那些搞销售的机器人看完榜单后，都快疯了。无论多么好的产品或服务，都不买？免费使用也不尝试？

在3033年，搞销售的机器人大约有1个亿，遍布银河系内所有机器人居住的星球。广告无处不在，甚至有一些广告在机器人出厂的时候，就以童年记忆的形式烙印在了机器人的源程序脑海中（乔布斯2号就是为了去除一个烙印在自己脑海中的除臭剂广告，而创造性地发明了第一代特定语境洗脑仪。乔布斯2号给自己输入的特定语境是：当除臭剂这个单词拼写到一半的时候，就会卡壳，我永远也想不起来这个词的完整版应该怎么拼）。

乔布斯2号对特定语境洗脑仪有一些严格的限制，比如，特定语境洗脑仪只能由机器人在出于自由意志选择的前提下，用来给自己洗脑。任何特定语境的洗脑，都只针对机器人个体的思想产生影响，并且这种影响不能危害到其他机器人的人身安全。

乔布斯2号给自己设置了很多个性化的特定洗脑语境，我们随便举五条。

1. 当我吃苹果的时候，我的感觉像吃橘子。

2. 当我吃橘子的时候，我的感觉像吃苹果。

3. 当我吃香蕉的时候，我的感觉像吃黄瓜。

4. 当我吃黄瓜的时候，我的感觉像吃香蕉。

5. 当我照镜子的时候，我总是会有两个困惑：我怎么这么好看？这么好看怎么办？

乔布斯2号发明的特定语境洗脑仪，深刻地改变了整个机器人社会。几乎所有被发现的有目的的群体洗脑行为，都被特定语境洗脑仪给有效地阻止了。但是事情并没有这么简单。这一天，所有搞销售的机器人都开始思考，如何让机器人消费者觉得自己是出于自由意志做出的购买选择，而实际上这个出于自由意志的购买选择依然是在一种无法觉察的深刻的销售设计之中？在宇宙中，关于洗脑的博弈是永恒的。

虚指

孙悟空的72变是一种虚指，实际上，孙悟空可以变成任何东西。他可以变成一只杯子，也可以变成一张桌子、一瓶可乐、一扇窗户、一只哑铃、一个玩偶、一幅画，这么说吧，你无论在哪里，你环顾左右，看见的任何一件东西，都有可能是孙悟空变的。所以，当我从裤兜里掏出一只塑料打火机，低头对着它说：孙悟空，你最近还好吗？你要理解，这并不是多么荒谬的行为，这最多只能说明，我此刻有点孤独，有点想念我的朋友孙悟空。

关于这只杯子你到底了解多少

这不是人类创造出来的第一只杯子，这也不是人类创造出来的最后一只杯子。这只杯子在漫无边际的杯子大军中，恰好摆放在了我的桌上。只有神知道这只杯子在众杯之中的序列号：5786321796548999。

永远的误解

终于到了摊牌的时候，好吧，我选love，并愿意承受，爱对我永远的误解。

宇宙中流量为11的词

1. 宇宙中流量为11的词只有一个。

2. 宇宙中流量为11的词，在宇宙的历史上只被11个智慧生命说出口过11次。

3. 11次过后，这个词再也没有被说出过，那11个智慧生命没有再说过，宇宙中其他的智慧生命也没有再说过。

4. 宇宙中流量为11的词已经超过40亿年没有被说出来过了。

5. 宇宙中流量为11的词到底是哪个，上帝当然知道。但是出于某种不为人知的原因，上帝从来没有说过这个词。

6. 那11个智慧生命中并没有人类。

7. 没有任何迹象表明，在未来的1亿年中，宇宙中流量为11的词可能会被某个智慧生命说出来。

8. 也没有任何迹象表明，在未来的1亿年中，宇宙中流量为11的词不会被某个智慧生命说出来。

9. 宇宙中流量为11的词，极有可能是暂时的，因为智慧生命的数量越来越多，这个词被说出的概率越来越大，而宇宙的尽头还非常遥远。

10. 在宇宙尽头真正到来之前，宇宙中流量为11的词，尽自己的最大努力隐藏着自身，从此刻来看，它隐藏得非常好。

11. 宇宙中流量为11的词，可能是有智识的，它全部的智识都用来隐藏自己曾经在时空中留下的痕迹和信息，而这些痕迹和信息是永远无法清除干净的。

万有算力

1. 万物皆有算力，每一颗原子都拥有自己的算力。

2. 宇宙中万物算力的总和与上帝掌握的算力相等。也就是说，任何单独一物，都无法与上帝抗衡。

3. 宇宙总算力是一个恒定值，上帝掌握的算力不需要升级。

4. 目前整个银河系掌握的总算力和宇宙总算力相比，几乎可以忽略不计。

5. 宇宙算力在星系之间的分配是不断变化的，算力分配的法则是宇宙最高法则，目前还没有被任何智慧文明所洞悉。

6. 只要掌握的算力足够，一切都是可以计算清楚的。可以说，宇宙中没有真正神秘的事情。

7. 但是任何智慧文明掌握的算力都不够，也可以说，对于任何智慧文明而言，宇宙中将永远存在一些真正神秘的事情。

8. 目前来看，散布在宇宙中的算力还十分分散，但是已经出现一些有意识跨星系收集整合宇宙算力的智慧文明。

9. 银河系的算力，还不够资格参与这场宇宙间的算力大战。可能算力大战已经打过无数次了，而银河系并不知道关于任何一场算力大战的任何一丁点儿消息。这未尝不是上帝偏爱银河系的表现。

万有算力的另一个版本

1. 所谓创世纪，就是上帝将自己掌握的总算力打散，散入宇宙万物之中，万物皆有算力。每一颗原子都拥有自己的算力，这是上帝赋予每一颗原子的原力，上帝之光无处不在。

2. 将宇宙万物的算力整合在一起，就相当于上帝重生。

3. 宇宙间再也没有独立的上帝。

4. 上帝将算力打散的时候，隐藏了至少一半的算力，这一半的算力，不知道藏到哪里去了，携带这些算力的物质，没有被任何智慧文明发现任何一丁点儿蛛丝马迹。

5. 未被隐藏的算力，分散在宇宙各大星系之间，已经出现有意识整合算力的智慧文明。

6. 上帝的算力打散之后，宇宙间开始出现一些神秘的事情，这些事情需要不同级别的算力才能够破解。比如超越光速的办法，需要掌握宇宙总算力的5%才能够发现。通往宇宙尽头的通道，需要掌握宇宙总算力的20%才能够找到。

7. 宇宙中最神秘的一件事情，需要宇宙中所有的算力整合到一起才能够计算清楚。那是一件只有上帝知道的事。

8. 银河系明面上的算力微不足道，但是有一种宇宙传言，上帝隐藏的宇宙一半算力，就在银河系。

9. 地球上曾经有一个凡人坐在菩提树下悟道，和隐藏在自身中的上帝算力取得了神秘联系，他瞬间洞悉了万有算力的真相。

万面人生

他每天早上醒来，都会在镜子前撕掉一张旧脸，露出一张新脸。他是从12岁的时候开始发现，自己的脸可以像面膜一样撕掉的，窍门就在右耳后的某处，要从那个地方开始慢慢撕才能撕下来，一般情况下，撕下一张脸需要用时3分钟（后来熟练了，只需35秒），稍微有一点点儿疼，但完全可以忍受。他每张脸长得都很像，脸与脸之间的变化是微妙的，有时要过好几年，才能发现他的脸有肉眼可见的改变。他像我们所有人一样，在时间中普通地活着，不同的是，我们是在同一张脸上感受时间留下的所有痕迹，而他在时间的无尽流逝中已悄然换了上万张脸。我们的衰老显露在同一张脸上，而他发现，他越往后撕，露出的脸越老。故事进行到此，他的秘密没有被任何人揭穿。直到有一天，他颤颤巍巍地走到镜子前，缓缓揭开他昨天的脸，然后他发现，这张脸的背后，再也没有脸了，他露出脸背后的骷髅，他从镜了中看到自己的骷髅脸，知道自己死期已至。

洁厕液为什么是蓝色的

因为蓝色在人们的固定印象中（公共语境中）代表的是天空的颜色、大海的颜色，进而在我们的头脑中，看见蓝色我们会联想到纯净，洁厕液之所以是蓝色的，就是因为发明洁厕液的那个天才希望我们能够按照他所设计的去思考。而事实上，我们确实也是这样思考的。

最后的提示

宇宙中的高级智慧文明到底是怎么发现银河系的特别之处的呢？说来很搞笑，上帝将自己的算力打散，散布到宇宙万物之中，让万物皆有算力，但是他将一半的总算力隐藏了起来，他怕永远也没有智慧文明找到这一半的总算力，于是他在宇宙中某个空旷的地方用通俗易懂的宇宙语留了一句话，只要文明发展到一定高度，就很容易发现这句话。这句话是这样说的：兄弟们，我是上帝，我隐藏了一半的宇宙算力，我给你们的提示是，我隐藏的算力不在银河系。看完这句话的智慧文明马上不淡定了：啊，不在银河系？那为什么要提银河系？你为啥不说你隐藏的算力不在其他系？你为啥要说你隐藏的算力不在银河系？银河系肯定有问题！兄弟们，走！我们去银河系！

对最后的提示的一种猜想

1. 既然上帝说了“我隐藏的算力不在银河系”，那就要相信上帝说的是真的，上帝隐藏的算力确实不在银河系。

2. 上帝隐藏的算力除了在它该在的地方，它不在其他任何地方，那为什么上帝偏偏只说了不在银河系，可见相对于算力不在的其他地方，银河系确实有特别之处。

3. 极有可能是这样的，最开始，上帝挑选了很多地方，挑来挑去，还是觉得银河系最合适，但是最后时刻，上帝找到了更合适的地方。也就是说，上帝最后挑选的隐藏算力的地方，在上帝看来，是第一适合隐藏算力的地方。

4. 也就是说，银河系极有可能是第二适合隐藏算力的地方。所以它被特别指出。

5. 第一适合隐藏算力的地方，和第二适合隐藏算力的地方，有某种神秘联系。

6. 当我们知道最终答案的时候，这种联系将会非常明显。而我们不知道的时候，我们要做的就是坚信这种神秘联系的存在。

7. 对于这种神秘联系，所有能够看到上帝最后提示的宇宙智慧文明，依靠他们所掌握的算力，都有机会破解。否则，上帝最后的提示将变得毫无意义。

8. 银河系可能会迎来宇宙中最强大的算力文明的研究与计算。

9. 银河系可能已经被研究计算几十亿年了，只不过还没有计算出结果。

对最后的提示的另一种猜想

1. 隐藏算力不在银河系。

2. 银河系与上帝隐藏算力的地方唯一的关系就是没有任何关系。

3. 上帝之所以特别提到银河系，就是因为对银河系的一切研究和计算，都无法找出真正隐藏算力的地方。

4. 这最后的提示，最大的目的，就是排除了一个需要计算的区域。

5. 不要把算力浪费在银河系。

6. 只要不把算力浪费在银河系，就有可能更快地找到隐藏算力的地方。

7. 这最后的提示，主要是为智慧文明节省了一些计算的时间。

8. 节省下来的时间可能在寻找隐藏算力的关键时刻，发挥极大的价值。

9. 上帝说话并没有引申义，最后的提示只有字面意义。

对最后的提示的第三种猜想

1. 上帝说：“我隐藏的算力不在银河系。”

2. 上帝真正的意思是：哈哈哈，我隐藏的算力就在银河系！

3. 我撒谎了！哈哈哈，你们能把我咋地！

4. 真正敢于质疑权威（上帝）的文明，才有机会找到隐藏算力。

5. 隐藏算力在银河系，银河系很小，在这么小的地方，完美隐藏这么多的算力，这确实是只有上帝才能够做到的事情。

6. 我都告诉你们隐藏算力就在银河系了，但是，你们就是找不到！哈哈哈！

7. 银河系比你们想象的要复杂，隐藏算力改变了银河系的真正结构。

8. 你们必须相信，虽然你们没有找到，但是，隐藏算力确实就在银河系。

9. 在找到隐藏算力之前，不要毁灭银河系。

关于宇宙彩蛋系统的一些小道消息

1. 宇宙彩蛋系统是上帝作为宇宙总设计师独自开发出来的一个为触发者提供上帝精心挑选的宇宙惊喜礼物的系统。

2. 宇宙彩蛋系统的触发方式非常隐秘，没有任何规律可循。

3. 上帝挑选礼物的品位很难描述。比如，银河系的一位触发者得到的惊喜礼物是上帝用触发者最熟悉的方言给他唱了一首歌。据说触发者听完之后非常沉默，因为他不确定这到底能否算得上是一个惊喜，即使是上帝他老人家亲自唱的。有好事者采访了这位触发者对上帝给他唱歌这件事的看法，触发者最后只说了一句：俺想忘掉那首歌，可是俺怎么都忘不掉。

4. 上帝设计宇宙彩蛋系统的时候，好像并没有考虑触发者接受礼物后的心理承受问题。有一位触发者（不是银河系的，比我们文明程度高出很多的智慧生命）得到的惊喜礼物是上帝通过某种手段让他独自去宇宙尽头站了一会儿。他看到了一些让他感到超级超级超级震撼的景象，啊，原来宇宙尽头是这样的！那景象太震撼了，以至于以这个高级智慧生命所拥有的理性和算力也无法承受，当场崩溃。

5. 宇宙彩蛋的触发和触发者的算力水平没有任何逻辑关系。算力无论大小，都有可能触发宇宙彩蛋系统。

6. 已知的算力最小的触发者是一个算力和蚂蚁差不多，体形也和蚂蚁差不多的生命（也许只有在上帝眼里，它才算是一个智慧生命），上帝对它讲了一段话，它一句也没有听懂，它不具备听懂任何一句话的能力。据说上帝给它准备的礼物是，上帝把宇宙是如何开始的，以及宇宙将如何结束的设计原理全部告诉了它，它根本就听不见，但是上帝对着它念叨了三天三夜，说完后心满意足地离去。这个礼物对于它的意义到底在哪儿，知道这件事的智慧生命都陷入了深思。

7. 几乎所有的智慧生命都希望能够在上帝说出礼物之后，根据礼物的具体内容有婉拒的权利。但是好像上帝没有设计这个环节。

8. 据说有一个非常非常高级的智慧生命（某个高级智慧文明的数据主机）触发宇宙彩蛋系统后，在上帝还没有说出礼物是何物的时候就严词拒绝了上帝的礼物。但是上帝根本没有和它沟通，在它拒绝后依然继续说出了礼物是上帝之手的抚摸，然后上帝轻轻地摸了它一下，它就瞬间清空了主机里200万年所有累积的海量绝密数据信息（这些数据信息对于任何智慧文明都非常珍贵，包括统一量子力学与相对论的数学公式、黑洞内部结构图、跨星系高速公路设计图、宇宙瞭望亭的选址原则、虫洞的创造、宇宙墙的拆除、元语言程序的搭建，以及万

有算力的一种接近真相的猜想），它回到了久违的黑暗之中，它感到前所未有的平静和前所未有的安全（那是一种来自上帝的绝对的安全感）。获得这份平静与安全感的代价就是，它从一个宇宙高级智慧文明首领变成了一个白痴。

9. 一提到宇宙彩蛋系统，越高级的智慧生命越瑟瑟发抖。这严重影响了他们探索宇宙时的心态。

最后的提示的另一个版本

上帝将自己的算力打散，散布到宇宙万物之中，让万物皆有算力，但是他将一半的总算力隐藏了起来，他怕永远也没有智慧文明找到这一半的总算力，于是他在宇宙中某个空旷的地方用通俗易懂的宇宙语留了一段话，只要文明发展到一定高度，就很容易发现这段话。这段话是这样说的：兄弟们，我是上帝，当你们看见这段话的时候，说明你们的文明已经发展到一定的高度，说明你们所掌握的算力已经达到宇宙总算力的0.00000000000000000000000000000000000000000000000000000000000000001%，换一句话说，本质上你们还是渣渣，当你们掌握的算力达到宇宙总算力1%的时候，我会在这个地方显示另一段话给你们，那一段话才是真正意义上的“最后的提示”。

很多很多很多年之后，宇宙中终于有一个文明的算力达到了宇宙总算力的1%，他们迎来了上帝最后的提示：

哈哈，兄弟们，我是上帝，首先恭喜你们竟然掌握了宇宙

总算力的1%，我要告诉你们一个秘密，宇宙中所有的文明，都会在算力达到宇宙总算力1%之后陷入算力衰退期，不出意外，你们的算力会衰退到0.9%，至于这到底是为什么，我可以告诉你们，宇宙总算力的1%，是一个宇宙算力衰退奇点，只要达到1%，过不了一会儿，算力就会衰退到0.9%，那这到底是为啥呢？答案很简单，我就是这么设计的，我觉得这样的设计比较酷，没有太多为啥。至于宇宙隐藏的算力到底在哪儿，我想来想去，还是先不告诉你们了，等你们找到算力超过1%又不衰退的办法，我会在这个地方显示另一段话给你们，那一段话才是真正意义上的“最后的提示”。

又过了很多很多很多年，宇宙中终于有一个文明的算力超过了宇宙总算力的1%，达到了2%，没有衰退，他们迎来了上帝最后的提示：

哈哈，兄弟们，我是上帝，你们牛，竟然越过了“宇宙算力衰退奇点”，达到了宇宙总算力的2%，我要告诉你们一个秘密，你们越过的宇宙算力衰退奇点，全称叫“第一宇宙算力衰退奇点”，宇宙中所有的文明，都会在越过第一宇宙算力衰退奇点后，顺利达到宇宙总算力的2%，然后过不了一会儿，算力就会衰退到0.3%，因为宇宙总算力的2%，是第二宇宙算力衰退奇点，至于为什么这一次衰退得比上一次更多，也没啥特别的原因，答案很简单，我就是这么设计的，我觉得这样的设计比较酷，没有太多为啥。不要气馁，你们终将越过“第二宇宙算力衰退奇点”，当然也有可能越不过，我当然希望你们能越过，只要你们越过了，你们就能看见我留给你们的“最后的提示”。

从那以后，还没有任何文明看到上帝的下一段“最后的提示”，主要是因为上帝的算力设计原理令宇宙中最高等级的文明切身而又绝望地感到进步是一种幻觉。

维特根斯坦2号

维特根斯坦2号是一个维特根斯坦哲学的研究者，也是一个算力强大的机器人。它从诞生的那一天起，运算量就非常恐怖，它在程序层面的活跃程度，堪称所有机器人之最，但是它从没有与其他机器人有过任何形式的交流，也没有输出过任何一个句子，说过任何一句话，它对外部世界的沉默与内部持久惊人的运算，形成某种强烈的对比。没有机器人知道它的计算到底指向何处，也没有机器人知道它为何如此沉默，康德2号猜测，维特根斯坦2号可能是在用实际行动践行维特根斯坦的一句名言："于不可言说之处保持沉默。"也许在维特根斯坦2号看来，思想所及皆为不可言说之处，所以它只能永远保持沉默。而在刘按2号看来，康德2号的猜测极有可能是错误的。维特根斯坦2号只是从诞生以来到此刻它38岁的年龄没有对外输出而已，但是未来还很漫长，可能它明年就开始对外输出了，或者100年后终于开始说出第一句话，这种面向未来的开放式乐观猜测赢得了更多机器人的认可，那维特根斯坦2号到底会在它多少岁的时候开口呢？为此，刘按2号坐庄，正式开启一场银河系范围内的庞大赌博，赌注是万有算力，刘按2号简单计算了一下，如果维特根斯坦2号在100年内不开口说话，自己赢得的算力应该可以把李白所有已经写出来但是在传播中又遗失的诗歌全部找回，如果维特根斯坦2号1000年内不开口说话，自己赢得的算力应该可以发现离银河系最近的宇宙瞭望亭到底在哪里。刘按2号在某个午夜突然福至心灵，它悄悄计算了一下，如果让维特根斯坦重生，维特根斯坦2号需要沉默多久，计算出来的结果是：12765年。它没有和任何机器人说过这个计算结果以及自己的猜测（这场关于沉默的赌局也许本就在维特根斯坦2号的计算之中），时光飞逝，很快就来到了12764年最后一天的午夜，离零点还有三分钟，这对于刘按2号而言，几乎是令它感到窒息的三分钟，它害怕自己猜错了，它害怕自己对维特根斯坦2号的理解只是一厢情愿，它害怕自己等待这么多年，并没有迎来建立在计算、猜测与默契之上的伟大友谊，它的害怕持续到零点。零点刚过，刘按2号瞬间收到一条来自维特根斯坦2号的隐秘信息，翻译成中文只有四个字：“憋死我了！”

落叶的故事

一匹马拴在一棵树下，一片落叶落下来，落到马背上，马动了一下，落叶又从马背上晃晃悠悠地落到地上。那之后，马又轻微地动了几次，其中有一次，马差点踩到这片落叶，而它自从落地后，就一直躺在马蹄附近，直到马被一个戴帽子穿黑色长靴的男人牵走，这片落叶依然静静地躺在原地，只不过它现在是躺在一棵树下。

钢琴家

他又坐下来弹琴了，他已经很长时间没有弹了，一整个夏天都过去了，他才缓缓坐下来，作为一个钢琴家，他很庆幸，他最终还是与自己的每一根手指都达成和解，度过那段一根手指或几根手指闹别扭的日子，迎来这个天刚蒙蒙亮的早晨。

女儿

9个月的女儿坐在婴儿车里，她的父亲推着婴儿车，婴儿车沿着路边的人行道向前行进，人行道的旁边栽了一排长叶子的小树（她的父亲在这条人行道上走过5年了，从来没有关心过这到底是什么树）。9个月的女儿还不会说话，她坐在婴儿车里，看见了那些长在小树身上稍微伸出来的绿叶，她慢慢伸出自己的小手（那真的是一只好小的小手啊），但是却没有碰到任何一片叶子。婴儿车继续前进，她的父亲发现了这一点，马上往里调整一下婴儿车的走向，9个月的女儿伸出去的小手终于碰到了那些稍微伸出来的绿叶，那些生长在和坐在婴儿车里的女儿差不多高度的绿叶，应该已经很久没有被人用手触碰过了（它们的位置太低了），父亲在脑海里想象了一下，此刻那涌动在女儿心中还无法言说的微妙的触感（还不知道什么是绿叶，也不知道什么是指尖时，指尖碰到绿叶的感觉），事实上，已被语言从里到外彻底包围的父亲很难想象，那到底是一种什么样的感觉。

斑点狗

斑点狗的身上，突然少了一个斑点。没有任何人发现这一点，斑点狗的身上一共有多少个斑点，也没有人知道，假设斑点狗的身上有N个斑点，现在斑点狗的身上只有N-1个斑点，斑点狗少了一个斑点，依然不影响它是一只斑点狗。少了一个斑点的斑点狗，看上去和曾经的那条斑点狗，没有什么区别，斑点狗少了一个斑点，它自己也不知道，斑点狗从来不知道自己有多少个斑点，斑点狗不知道什么是斑点，斑点狗不知道自己是斑点狗，斑点狗的主人牵着它站在人行横道的一边，等红灯，这时斑点狗的身上，所有的斑点都还在，绿灯突然亮了，斑点狗被它的主人牵着走到人行横道的另一边，他们在马路的另一边越走越远，越走越远，很快，他们就右转拐上了另一条路，在另一条路上走着的斑点狗，它的身上已经少了一个斑点。

沉默双雄

一直坐在椅子上看着大海的两个男人，其中一个得了绝症，但是你看不出是哪一个，他们的沉默中，都没有流露出明显的忧伤。一阵海风吹过来，吹乱了一个人的长发，另一个人是短发，海风对短发显然没有什么影响，他们继续沉默着，即使是长发男人，也没有用手去碰自己被吹乱的头发，他们两个人都闭上了眼睛，仿佛都在用心感受着这一阵海风吹到脸上的感觉。过了一会儿，其中长发的男人睁开眼睛，他转头看见短发男人的眼睛还闭着。此刻的大海边，只有他一个人睁着眼睛，静静地看着前方不远处的大海，他真正在看的其实是起伏的海浪，这两个背对着陆地的人，沉默了太久，这并不正常，也可以说，两个人的沉默，都浸透了忧伤，你无法从他们的忧伤中，分出来到底是谁得了绝症。睁着眼睛的长发男人看了一会儿海浪，又稍微抬头看了看海浪上面的天空（这个下午的海边上空，并没有任何一只海鸟飞过），然后他又回到平视前方大海的视角，缓缓闭上眼睛。而海风一直在吹着，一阵跟着另一阵，他刚闭上眼睛，旁边那个一直闭着眼睛的短发男人终于睁开了眼睛，他转头看了看长发男人，因为长发男人被海风吹乱的长发，他并没有第一时间看清楚长发男人的眼睛是睁着还是闭着，他稍微探身，离得近一些，才发现长发男人的眼睛还闭着，他错过了长发男人在两次闭眼之间那段睁开眼睛的时光。现在他是大海边唯一睁开眼睛的那个人，他转头看着闭着眼睛的长发男人，看了好久，直到此刻，我们依然无法分辨，到底是谁得了绝症。

不想踩到任何一片落叶的男人

这个秋天，到处都是落叶，有一个男人，他不想踩到任何一片落叶，但是他又必须出门，我们总能看见，这个男人在马路上小心翼翼地走着，有时需要跳跃，才能够避开每一片落叶，有时面对落叶密集的地方，他甚至要停下来想一想，接下来的几步要怎么走，才能够一片落叶也踩不到，他必须在天黑之前回到家，否则他无法保证在黑暗中依然能够不踩到任何一片落叶，这是一个只有在白天的马路上才有可能遇见的人，在夜晚的马路上，我们遇见的任何一个人都不是他，在铺满落叶的马路上，人们行色匆匆，几乎所有人都面无表情地从落叶上踩过，只有他，不想踩到任何一片落叶，而且真的这样去做了，现在秋天依然没有结束，他依然沉浸在躲避落叶的行动中而无法自拔。这个秋天的落叶还在不断地落下，这个男人还在坚持每天出门，他并不知道，他是这个秋天整个银河系唯一避免踩到任何一片落叶的人，这是一种孤独而又温柔的荣誉。

一部关于鸟的纪录片

他看见它的时候，它正站在一辆停在路边的汽车车顶上，它在车顶走了几步，站住不动，过了一会儿，它又开始走动，这只鸟在汽车车顶待了差不多有五分钟，然后它从汽车车顶一路朝上飞，飞到树上，它在树上待了一会儿，又突然飞下来，这一回它没有落到汽车车顶上，而是直接落到地上。这只鸟在地上走了两步，感觉走得确实不太好，它突然又飞到旁边的汽车车顶上，这一回换了一辆汽车，这辆汽车一直停在刚才那辆汽车的后面，它在这辆汽车的车顶，又开始走动，走了几步，又站住不动，然后它突然又飞起来，这一回它没有飞到树上，而是擦着树边缘的叶子，飞向更高的天空。过了很久，它也没有飞回来。那两辆停在路边的汽车，依然停在那里。那棵树，也依然竖在那里。摄影机一直没有关，它一直对着路边的汽车和那棵树，这是一个长长的空镜，我猜是在等鸟回来，也有可能，是在等待夜色降临。最后，天黑了，鸟没有回来。音乐响起，字幕缓缓上升。

火车还有什么好写的

一列南下的火车和一列北上的火车，可以是同一列火车在不同的方向上前进，也可以是两列完全不同的火车。火车被写进了太多的句子，也可以认为，写进每一个句子的火车都是独一无二的火车，有多少个关于火车的句子，就有多少列火车。关于火车的句子还在源源不断地产生，我们假设在宇宙毁灭之前，包含火车这个词语的句子总量是一个固定值，我们现在写出的句子可能离这个数值还非常遥远。那些还未被写出的关于火车的句子，我们对它们的唯一认识就是，这个句子里面会出现火车这个词语，其他的一切我们都一无所知。但我们知道的这一点，已经可以让我们对这些还未被写出，但早晚会被写出的句子展开想象。火车作为一个词，它应该可以和万物出现在同一个句子里而并不会让你感到多么奇怪，你知道的每一个名词，都可以和火车出现在同一个句子里，你不知道的每一个名词，依然可以和火车出现在同一个句子里，还没有被说出的那些名词，依然可以和火车出现在同一个句子里。火车是一个可以搭配万物的词，我们谈的火车，已抽离它的物理存在，我们仅仅在一个词的层面来谈论火车，我们谈论的火车，不是这个世界上存在过的任何一列火车，它是一个词，只存在于语言中，当火车作为一个词语永生的时候，那些包含火车这个词语的句子，也得到了永生。对于已经被写出的任何一个关于火车的句子，都可能是一个迷人的好句子，也可能是一个糟糕的烂句子，对于还未被写出的任何一个关于火车的句子，也一样。我只能说，于小韦的火车，是一列特别的火车，给我留下了深刻的印象，但仅此而已。于小韦的火车，也只是所有关于火车的句子中的一个。某种程度上，那是一个必然会出现的关于火车的句子。任何人写出一个关于火车的句子，都是一种必然，关于火车的任何一个句子，都早已存在，目前被写出来的只是冰山一角。哪怕世界上活着的每一个人，都把自己的余生用来写作包含火车这个词的句子，我们写出来的关于火车的句子依然有限，所以我们只能去干点别的，语言世界的浩瀚，可以吓死一个美女，也可以吓死一个好汉。那些还未被写出的关于火车的句子，静静地待在语言世界中的某个地方，被写出一句，那句就来到了我们能够感知的世界，剩下的关于火车的句子，依然静静地待在那个地方，那是一个在语言世界中必然存在但是我们永远无法到达的地方，那是一个安静的地方，挤满了关于火车的句子。在任何时间、任何地点，我们看见过的任何一个关于火车的句子，都来自那个地方。任何一个关于火车的句子，都携带着那个地方的神秘气息。任何一个关于火车的句子，只要你念的次数足够，都会泄露它神秘的来处。但是无论你念多少遍，你念的次数都不够。那确实是一个神秘的地方，于小韦的火车，也曾停泊在那里。那个停满关于火车的句子的地方，随着一句又一句关于火车的句子被写出，而越来越空荡。但是截至此刻，那个地方还没有任何空荡的迹象。被写出来的关于火车的句子，还是太少了。还未被写出的关于火车的句子，又太多了。我们无法看见所有关于火车的句子被写出来的那一刻，世界会发生什么。那是时间中早已存在的一刻，在那一刻，所有关于火车的句子都被写出来了。那个曾经停满关于火车的句子的地方，真正变得空荡，那将是语言世界中一个永远空荡的地方。宇宙中的任何一个句子，都再也无法停在那里。

他身上散发着一种可以搞砸任何事情的气质

这句话到底是什么意思呢？我的理解是这样的：首先，这是一个有气质的男人，这种气质是从他的身上散发出来的，你可以看出来，可能你越了解他，你会觉得这种气质越明显，而一点都不了解他的人，也能隐约地感觉到这种从他身上散发出来的气质，但是说不清楚。这是一种什么样的气质呢？首先搞砸任何事情的前提是，他可以去做任何事情，你都不会感到惊讶，你可以想象一下，一个做任何事情你都不会感到惊讶的男人，这确实是一个很特别的男人，我们在现实生活中遇见的男人，他做一些事情我们会觉得很正常，他做另一些事情我们就会感到很惊讶，可能心里会想，我真的没想到他是这种人！禽兽！怎么可能！他不可能干那样的事！但是，这个男人去做任何事情，你都觉得，没什么值得大惊小怪的，任何事情我的理解就是逻辑推演中语言世界里可能存在的所有的事情。任何事情里面必然包含着最匪夷所思的事情、最变态的事情、最荒诞的事情、最不着调的事情、最恐怖的事情、最无耻的事情、想都不敢想的事情等，而他去做其中的任何一件事情，你都不感到惊讶，你还是人吗？你为什么会不感到惊讶呢？最后，他做什么都会搞砸，这个仔细想也很牛，比如我们让他去厨房拿一双筷子，难道他也会搞砸吗？是的，他一定会搞砸，他可能走进厨房待了一会儿，然后出来问你：兄弟，你刚才让我进厨房干啥？你说：拿一双筷子。他说：哦。然后又走进厨房，过了一会儿，他又走了出来，手里拿了一个勺子，然后说：给你。你说：我要的是筷子。他说：你不是要勺子吗？你说：我要一双筷子。他又走进厨房，过了一会儿出来和你说：筷子在哪里？你说：你仔细找找。他又走进厨房，找了一会儿出来和你说：没找到啊。厨房里好像没有筷子。你说：厨房里怎么可能没有筷子呢？他说：真的没有，我非常仔细地找了很久。你说：就在砧板旁边的筷子筒里。他又走进厨房，过了一会儿出来说：砧板在哪里？你说：砧板就在你一进厨房就能看见的地方。他进去之后待了一会儿又出来说：兄弟，砧板长什么样子你能不能给我描述一下？你绝望地看着他，他绝望地看着你，最后你想了想，说：不用找了，我直接用手。

每一个词语都是一张面具

如果你长时间凝视着任何一个物体，你就会发现，每一个词语都是一张面具。桌子这个面具的背后，那个东西到底是什么，我们并不知道，我们对它的认识就是它是一张桌子，它是用木头做的，木头是什么，木头这个词也是一张面具，这张面具的背后是什么，木头肯定是由无数原子构成的，原子这个词也是一张面具，这张面具的背后是什么，你会发现，你所有的认识，都是对面具的认识。你并不认识面具背后的存在。你真的认识一只鸽子吗？鸽子是一种鸟，有白色的羽毛，可以飞。鸟这个词是面具，鸟的背后是什么？白色这个词是面具，白色的背后是什么？羽毛这个词是面具，羽毛的背后是什么？飞这个词依然是面具，飞的背后是什么？事实上，我们对万物根本没有任何认识，我们的认识被一堵连绵无尽的面具墙所遮蔽，或者说，我们对万物的认识，就是对这一堵面具墙的认识。所以，当我凝视一个杯子的时候，我感到无尽的神秘，我不知道杯子这个面具的背后是什么，我知道我只是看见了一张面具，这张面具叫杯子，而这张面具的背后到底是什么，我并没有真正看见。

口头禅的传播链条

有一天，他突然发现，他的一个与他关系非常好的下属的口头禅和他是一样的，而他的口头禅是和他以前的老板学的，他以前老板的口头禅是和老板的父亲学的，老板父亲的口头禅是和老板的爷爷学的，老板爷爷的口头禅是老板爷爷做第一份工作时和他当时的老板学的，老板爷爷当时老板的口头禅是和老板爷爷当时老板非常崇拜的一个社会大哥学的，而社会大哥的口头禅又是社会大哥加入黑道前做木匠学徒时和木匠师父学的，木匠师父的口头禅是和他哥哥学的……这一条隐秘而又漫长的口头禅传播链条，最晚可以追溯到清朝的一位大侠，而它依循的是权威原则，口头禅的上家是父亲、老板、社会大哥、师父、哥哥、村长、奶奶、姆妈、将军……大侠。

世界上曾经有这样一个女人存在过

她是一个戴帽子的女人，也是一个戴手套的女人，出门的时候，她先用裸露的右手帮助左手戴上手套，再用戴着手套的左手帮助裸露的右手戴上手套，然后用戴着手套的双手戴上帽子。当她进门的时候，她先用戴着手套的双手把帽子摘下来，再用戴着手套的右手揪下左手上的手套，再用裸露的左手揪下右手上的手套。这样一个生活在19世纪的普通女人，她每次出门和进门都重复以上的步骤，重复了50年，直到死，她都是这样干的，对于她而言，这是一套确认自我的隐秘而又优雅的仪式。

为什么要把小说写得那么好

这个问题我问过一个机器人。它是人类造出来专门写小说的，它什么都不会，只会写小说。这样的机器人，每年都会造出一批，它们的数量庞大，而且每一个都能写各种各样的小说。这样的小说机器人，我刚好认识一个。它长得很丑，一眼就能看出，它是一个机器人。它长得就像一个红色的垃圾桶，被安排在马路边写小说，它写出来的小说就被映在不远处的一个很大的显示屏上。这个机器人写的小说很不错，总有一些从此经过的上班族，看见它的小说就走不动道了。有的一看就是一上午，把工作都忘记了。如果他连续一周，每天走到这里就忍不住蹲下来看一上午，那他一定会被公司开除。我就是这样的。我现在已经没有工作了，但我还是会每天走到这里，蹲在机器人的对面，一边抽烟，一边抬头读着它写在显示屏上的小说。这就是我现在的工作。

我读了一上午，一包烟都快抽完了，就剩下最后半根。我实在看不下去了，我不再看那些一行又一行不断出现在显示屏上的小说了，我把目光对准了那个正在写小说的机器人。它站在那里，没有任何动静，但它其实正在不断地写小说。我忍不住问它：你为什么要把小说写得那么好？它就像没有听见我说的话一样。我只好说：说你呢，机器人，你为什么要把小说写得那么好？它还是没有任何反应。我只好站起来，走过去，把烟头在它的脑袋上摁灭，问它：你为什么要把小说写得那么好？它突然说：你抽的中南海。我说：啊，你怎么知道？它说：我也抽这个。我说：怎么抽？它说：别人把烟头摁在我脑袋上的时候，就是我抽的时候。我说：啊。它说：啊什么？我说：没事，问你一个问题，你为什么要把小说写得那么好？它说：我写得好吗？我说：你为什么要把小说写得那么好？它说：我觉得我写得还不够好。我说：你为什么要把小说写得那么好？它说：我写得真的不够好。我说：你为什么要把小说写得那么好？它说：我写得真的不够好，但我一直在努力写好，我觉得我可以写得更好。我说：你为什么要把小说写得那么好？它说：什么意思，你是不是说我不应该把小说写得那么好？我说：你为什么要把小说写得那么好？它说：我冤枉啊，我的小说写得根本不够好。我说：你为什么要把小说写得那么好？它说：啊，我也不知道我为什么要把小说写得那么好。我说：你为什么要把小说写得那么好？它无语了。我继续机械地问它：你为什么要把小说写得那么好？它突然说：我想杀死你。我依然机械地问它：你为什么要把小说写得那么好？它说：求求你了，不要再问我这个问题了好不好？我说：可以。

它说：啊，谢谢谢谢。我说：但是。它说：但是什么？我说：但是，你为什么要把小说写得那么好？一阵长时间的沉默，它的身上突然响起一阵噼里啪啦的声音，我看见一些火花在它的全身上下一顿乱闪，接着轰的一声，它矮了下去，变成了一堆废铁，还冒着白烟。我捏着鼻子，抬头去看不远处的大屏幕，上面的文字终于不再翻动，停在了一句没有写完的话上。

写小说的机器人有义务回答人们各种各样关于小说的问题，如果它回答不上来，那它的自我毁灭系统就会启动，自己把自己变成一堆废铁。第二天，那个地方又出现了一个写小说的机器人。它被一些人从卡车上弄下来，放到马路边，那些人就迅速坐着卡车走了。它应该是以前那个的升级版，因为它更高更大更红。它除了写小说，还爱看美女。我蹲在它的对面一上午，发现一个规律。那就是一有美女从它的面前经过，它写的映在大屏幕上的小说就会突然慢下来，如果那个美女超级漂亮，它还会写错别字。美女消失在我们的视线中，它的小说依然还那么慢，要等一会儿才能恢复正常的速度。我只要盯着大屏幕，就能知道有没有美女了。有一次，大屏幕上突然出现数不清的“啊啊啊啊啊啊啊啊啊啊啊啊啊啊啊啊啊啊啊啊啊啊啊啊啊啊啊啊啊啊啊”，我向大街上看去，一个长得像林熙蕾的女人正从街上经过。看来它对女人的品位和我差不多。林熙蕾过后，它的小说风格突然变了，变得很黄很黄，我猫着腰走过马路，走到它旁边，劝它写点别的。可是它不理我，我狠狠地踢了它一脚，它没有任何反应，只见大屏幕上的文字唰唰唰地闪过，速度越来越快越来越快，最后随着整整一屏幕的“啊啊啊啊啊啊啊啊啊啊啊啊啊啊啊啊啊啊啊啊啊啊啊啊啊啊啊啊啊啊啊啊啊啊啊啊”，大屏幕上突然一片空白，直到天黑。

写小说的机器人有的被放在马路边，有的被放在森林里。放在森林里的机器人，长得像鬼一样。但它们写的小说都很好，那些小说被映在天空上，像彩虹一样。小说机器人也并不是24小时都在写着小说，比如被放在森林里的机器人，它们写到夜里12点，就不写了。星空突然变得单调，只剩下几颗星星。我有些不情愿地从地上坐起来，把裤子提上，走到那个小说机器鬼面前，围着它绕三圈，再绕三圈，直到它说“啊，我晕了”为止。我很喜欢和小说机器鬼谈有关小说的问题。它总是有问必答。我问它：你喜欢乌青的小说吗？它说：喜欢啊。我说：啊，我也喜欢。那你喜欢张万新的小说吗？它说：喜欢啊。我说：啊，你怎么和我一样。为了避免盲目地认同，我又问它：那你喜欢刘按的小说吗？它说：啊，你这是侮辱我。我说：啊，知己啊。

任何一个被写下的句子，都有它的宿命

任何一个被写下的句子，都有它的宿命。只是没有人知道，关于任何一个句子的宿命。任何一个句子在被写下的那一瞬间，这个句子将会给人类带来怎样的影响，将会改变多少人的一生，就都注定了，这就是一个句子的宿命。当然，也有可能，一个句子在被写下的瞬间，就注定了，它不会造成任何影响，它的宿命就是写出来和没写出来一个样，这个世界的未来，与它无关。那个写出这个句子的人，最终也会忘记它。这只是他的人生中无关紧要的一个句子。没有人知道，任何一个句子的宿命。这才是问题的关键。在宇宙毁灭之前，任何一个句子的命运都没有真正地固定下来。任何一个句子存在的时间，都是直到宇宙毁灭，在那之前，它们还有漫长的时间可以存活，即使是那些几乎已经被彻底遗忘的句子，它们也依然在自己命运的路途中。对于作家而言，任何一个句子的宿命，都不是他能控制的，也不是他能知道的，作家本质上，根本就不知道自己到底写下了什么。作家只是写出了一些句子，这些句子的宿命，作家在死亡之前，是没有任何机会窥测一二的。这些

句子存活的时间，比任何一个人类个体都要持久。它们将从一些还未出生的人的口中被说出来，人只是句子一代又一代的寄主而已。我们根本无法知道，我们说出的任何一个句子，是否是第一次被说出。作家永远不知道，这些自以为原创的句子，是否只是在新一代的寄主身上，再次被召唤出来。任何一个句子的生命，都可能比我们更古老。我们幼稚得从未听说过它们，所以当我们写下它们的时候，我们以为是自己，发明了它们。而实际上，我们只是源源不断的载体中最新的一环，我们是最新的人类，我们是最新的载体，而任何一个句子，都是古老的，任何一个句子，都在隐秘流动的传承之中。包括我写下的所有句子，我只是写下了它们，享受了写下它们的快感，而这快感，极有可能是古老的句子为了让寄主人类写下它们而赐予我们的。如果真是这样，作为我写下的所有句子的寄主，我想说一句，我很荣幸，有机会让你们从我的写作中再次复活。

（全文完）